O SWALD

Oswald

LLEUCU ROBERTS

ISBN: 978 184771 835 8
Argraffiad cyntaf: 2014

© Lleucu Roberts a'r Lolfa, 2014

Mae Lleucu Roberts wedi datgan ei hawl dan
Ddeddf Hawlfraint, Dyluniadau a Phatentau 1988
i gael ei chydnabod fel awdur y llyfr hwn.

Mae'r prosiect Stori Sydyn/Quick Reads yng Nghymru
yn cael ei gydlynu gan Gyngor Llyfrau Cymru
a'i gefnogi gan Lywodraeth Cymru.

Argaffwyd a chyhoeddwyd gan
Y Lolfa, Talybont, Ceredigion SY24 5HE
gwefan www.ylolfa.com
e-bost ylolfa@ylolfa.com
ffôn 01970 832 304
ffacs 832782

Pennod Un

AR GANOL SYTHU EI dei yn y drych roedd Oswald pan ddaeth cnoc ar y drws.

Ochneidiodd Oswald. Roedd yn gwybod yn iawn pwy oedd ar y pafin yr ochr arall i'r drws. Pwy arall fyddai'n galw heibio cyn hanner awr wedi wyth yn y bore? Pwy arall fyddai'n galw heibio unrhyw bryd, pe bai'n dod i hynny? A bore heddiw, o bob diwrnod!

'Dwi ar ychydig bach o hast, Madeleine.'

Ond chymerodd hi ddim sylw ohono. Gwthiodd heibio iddo, ac i mewn i'r tŷ â hi, gan ei wasgu, bron, yn erbyn wal y cyntedd.

'Cwpwl o gacenne bach,' cyhoeddodd Madeleine gan roi'r bocs plastig ar y bwrdd yn y stafell fyw. 'Rhywbeth i ti ei gael gyda dy de prynhawn.'

'Diolch,' meddai Oswald, gan wneud ei orau i geisio swnio'n ddiolchgar. Edrychodd ar y bocs plastig gan wybod o brofiad y byddai yna ddau ddwsin o leiaf o gacennau. Byddai'n eu bwyta tan y flwyddyn nesa. 'Doedd dim eisie i chi … '

'Sh,' meddai Madeleine, 'anghofia fe.'

Roedd hi'n sefyll o'i flaen yn gwenu, a'i rhes o ddannedd gosod yn disgleirio o dan fylb llachar y stafell fyw. Ceisiodd Oswald feddwl am ffordd o gael gwared arni. Ond cyn iddo orfod dweud celwydd, na'r gwir, sef ei fod e ar fin mynd i lawr i'r siop i brynu papur newydd, roedd Madeleine ar ei ffordd mas.

'Fe alwa i draw fory, tua amser te,' meddai wrth fynd.

Caeodd Oswald y drws a phwyso yn ei erbyn am eiliad. Pam na fyddai'r fenyw'n gallu gadael llonydd iddo fe? Rhegodd Bob drws nesa eto am ddod â hi yno, flwyddyn a hanner yn ôl. Ffrind Bob a Mrs Bob o'r clwb bowls oedd hi, ac yn amlwg eisiau cwmni.

Aeth Oswald i'r gegin, gan aros am eiliad o flaen y drych yn y stafell fyw i sythu ei dei eto, a cheisio ymlacio. Roedd Oswald yn chwe deg pump, a Madeleine oedd yr unig ddynes fuodd yn y tŷ ers i'w fam farw, ddeg mlynedd union yn ôl. Doedd hyd yn oed Mrs Bob ddim wedi bod yn bellach na drws y ffrynt.

Union ddeg mlynedd yn ôl. Deg mlynedd i heddiw, a dweud y gwir: un eiliad roedd ei fam yn siarad am Amy O'Shea drws nesa, a'r eiliad nesa roedd hi wedi mynd. Roedd Oswald yn cofio'r diwrnod, yn cofio'r mis wedyn, y dyddiau gwyllt hynny.

Roedd Oswald wedi cael sioc wrth gwrs. Doedd e ddim wedi disgwyl i'w fam gwympo'n farw wrth y sinc fel y gwnaeth hi ar ganol ei phregeth am

Amy O'Shea drws nesa. 'Edrycha arni'n dangos bochau ei phen-ôl ar hyd y lle!' Doedd hi ddim wedi dweud 'pen-ôl' chwaith. Ei gof e oedd yn dweud 'pen-ôl'.

'... yn hanner porcyn ar hyd y lle a boch ...' Dyna roedd ei fam wedi'i ddweud cyn iddi gael strôc. Sefyll wrth y tân yn y stafell fyw roedd e, yn disgwyl clywed gweddill y bregeth o'r gegin. Byddai Oswald wedi gallu adrodd y bregeth gyda'i fam, air am air, ond ddaeth dim un gair arall ohoni. Byth wedyn. Hanner brawddeg, hanner pregeth, fel cwestiwn yn hongian, a'i fam ar ei chefen ar y leino.

Yn ystod y mis ar ôl i'w fam farw, fe gafodd Oswald amser gwyllt. Fe fwytodd e gyrri am y tro cyntaf a mynd mas drwy'r drws heb wisgo tei. Ar ôl gwneud yn siŵr fod ei fam yn ddiogel o dan y pridd, fe gafodd e flas ar rywfaint o ryddid. Heb ei dei, roedd yn teimlo bron mor noeth ag Amy O'Shea drws nesa yn ei macyn poced o sgert.

Mae Amy siŵr o fod yn gwisgo legings, a dau neu dri o blant yn chwarae o dan fochau ei phen-ôl hi erbyn hyn, meddyliodd Oswald yn uchel.

Trodd Oswald fotwm y radio i wrando ar raglen Dafydd a Caryl. Clywodd fod Karen o Landysul yn ddeugain oed heddiw, a Twm o Nefyn yn saith; clywodd fod Eirlys a Wil o Lanrug yn dathlu hanner can mlynedd o briodas, a Hilda James, Llanidloes, yn hen fam-gu am y pedwerydd tro, i Jason y tro hwn, a bod Caryl wedi cael annwyd.

Doedd yr annwyd ddim i'w weld yn ei hatal hi rhag siarad fel pwll y môr chwaith. Ond 'na fe, meddyliodd Oswald yn uchel, siarad yw ei gwaith hi.

Byddai wedi gallu anfon atyn nhw i ddweud ei bod hi'n ben-blwydd yn ei dŷ fe heddiw hefyd – deg mlynedd ers y cwymp ar y leino.

Roedd y leino'n dangos ei oed. Fe fyddai tua deugain oed pan gwympodd ei fam, a thua hanner cant bellach. Sylwodd Oswald fod y leino wedi treulio'n wael ar hyd llwybr ei draed o'r stafell fyw, a rhwng y stof a'r sinc.

'A dyma gân i Oswald, sy'n dathlu degfed pen-blwydd marw ei fam,' meddai Caryl yn ei feddwl. '"Ysbryd y Nos", gan Edward H.'

'A dyma gân i Rhian a Jac sy'n priodi dydd Sadwrn,' meddai'r Caryl go iawn ar y radio. '"Ysbryd y Nos", gan Edward H.'

Anadlodd Oswald yn ddwfn wrth i nodau meddal y gân ei gysuro: roedd hi'n braf cael seibiant bach rhag siarad Caryl nawr ac yn y man, heb orfod diffodd y radio'n llwyr.

Estynnodd Oswald y llaeth top glas o'r ffrij, a'r bocs o Kellogg's Corn Flakes o'r cwpwrdd uwchben y *worktop*. Estynnodd y siwgwr o'r cwpwrdd bach ar y chwith, a'r llwy o'r drâr wrth y sinc.

'Diffodd y twyllwch ...' canodd Edward H.

Estynnodd Oswald y bowlen oddi ar y bwrdd draenio, agor top y bocs Kellogg's, arllwys corn fflêcs hyd at y llinell las yn y patrwm ar y bowlen. Yna, plygodd y cwdyn plastig yn ôl i gadw'r corn fflêcs yn ffresh, cau'r top a chadw'r bocs yn y cwpwrdd uwchben y *worktop*.

'Gad im ddod o'r nos yn rhydd,' canodd Edward H. yn ddwys.

Agorodd Oswald bapur y cwdyn siwgwr hanner llawn ac estyn ei lwy i'w ganol. Yn ofalus, mesurodd hanner llond llwy gan symud ei law'r tamaid lleiaf i wneud yn siŵr fod union y swm cywir o siwgwr arni. Yna taenodd gynnwys yr hanner llond llwy dros y corn fflêcs yn y bowlen.

'Tyrd, Ysbryd y No-o-o-s,' canodd Edward H. fel pe bai dim byd yn bwysicach na bod 'Ysbryd y Nos' yn dod.

Cadwodd Oswald y siwgwr yn ôl yn y cwpwrdd bach ar y chwith, ac agor caead y botel laeth hanner llawn. Yn ofalus, arllwysodd y llaeth hyd at y llinell biws yn y patrwm ar y bowlen, cyn cau'r caead ar y botel a chadw'r botel yn y ffrij. Aeth â'r bowlen at y bwrdd bach Formica, a thynnu ei gadair i eistedd.

Ymunodd Caryl yn niwedd y gân a'i sbwylio, ond daliodd Oswald ati i fwyta'i frecwast er hynny. Roedd e'n mwynhau cnoi'r creision ŷd yn fân.

Teimlai'n wahanol heddiw. Oherwydd bod yna ddeg mlynedd union ers iddo golli ei fam, mae'n debyg. Rhyw bethau digon trist yw penblwyddi. Cofio blynyddoedd yn mynd heibio. Troi o fod yn bum deg pump i fod yn chwe deg pump, jyst fel 'na!

Haws peidio â meddwl am benblwyddi, meddyliodd Oswald. Haws gadael iddyn nhw fynd heibio heb eu cofio.

Clywodd Caryl yn dweud ei bod hi'n dwlu ar 'Ysbryd y Nos'.

Cofiodd Oswald am y cyfnod hwnnw ddeg mlynedd yn ôl, y mis ar ôl i'w fam gwympo'n farw ar y leino. Rhaid bod colli ei fam wedi gwneud iddo golli ei ben, wedi gwneud iddo deimlo'n wahanol. Y cyrri, a'r tei. Roedd pethau eraill hefyd wedi newid wrth gwrs, ond y cyrri a'r tei roedd e'n eu cofio orau. A dweud y gwir, byddai dim tei yn agosach ati. Cododd ei law at ei wddw yn reddfol fel pe bai am wneud yn siŵr nad oedd y teimladau gwyllt wedi dod yn ôl i ddweud 'pen-blwydd hapus' neu 'pen-blwydd trist' neu beth bynnag fyddai rhywun yn ei ddweud ar ddiwrnod fel heddiw.

Diolchodd wrth deimlo'r defnydd yn ei le, ei dei am ei wddw fel y byddai bob dydd. Doedd e ddim yn wyllt wedi'r cyfan. Fuodd Oswald ddim yn wyllt ers y mis hwnnw, ddim wrth ddathlu'r pum mlynedd, na'r un flwyddyn arall.

'Dathlu' oedd y gair yn ei ben, ond doedd e erioed wedi dathlu. Nodi, marcio, cofio ... dyna roedd Oswald yn ei feddwl, wrth gwrs. Er ei fod e wedi blasu cyrri a mynd mas heb wisgo'i dei yn ystod y mis ar ôl i'w fam farw, eto i gyd doedd e ddim yn rhyddid braf i gyd. Yn wir, roedd rhan fach ohono'n falch pan ddaeth e 'nôl ar ôl mis i fod fel y byddai e'n arfer bod.

Oswald Myrddin Jones, 26 Regina Road, Abertawe.

Yn y funud, fe fyddai'n sipian gweddill y llaeth oddi ar ei lwy. Yna'n codi, yn mynd â'r bowlen wag a'r llwy at y sinc, ac yn eu golchi nhw o dan y tap. Byddai'r dŵr braidd yn oer, ond gyda'r nos byddai Oswald yn switsio'r *immersion heater* ymlaen i gael dŵr twym i olchi llestri swper. Roedd mwy o fraster yn perthyn i swper nag i frecwast, ac felly mwy o angen dŵr poeth i'w golchi. Byddai e'n gwisgo'i got fawr am ben ei siaced gan ei bod hi'n fis Rhagfyr ac yn mynd i lawr i waelod y stryd i'r siop i brynu papur.

Wedyn, ar ôl i Oswald gael y papur, byddai'n cynllunio'i amserlen ar gyfer yr wythnos.

Fel pob bore arall o'i oes, byddai Oswald yn edrych ymlaen yn llawn cyffro at weddill y diwrnod.

*

'Bob!' meddai Oswald wrth Bob, rhif 28, oedd yn smocio yn y drws ac yn cadw'n ddigon pell oddi wrth Mrs Bob.

'Oswald!' meddai Bob wrth Oswald, wrth i Oswald fynd heibio ar hyd y pafin.

'Bore bach gweddol,' meddai Bob fel arfer.

'Ddim yn ddrwg o gwbwl yr amser 'ma o'r flwyddyn,' atebodd Oswald fel arfer.

Tynnodd Oswald ei got fawr yn dynnach amdano. Doedd hi ddim yn bwrw glaw, roedd hynny'n ddigon gwir. Ond roedd hi'n oer ofnadwy. Meddyliodd Oswald am Mrs Bob. Fyddai ddim yn well ganddi hi fwg sigaréts yn y tŷ ambell waith yn hytrach na gwynt rhewllyd y gaeaf?

Croesodd Oswald y stryd lle roedd Regina Road yn dod i ben, a chamu ar bafin Victoria Avenue, lle roedd gerddi o flaen y tai. Fyddai neb mas yn yr ardd y bore hwnnw, meddyliodd Oswald, a hithau'n fis Rhagfyr. Byddai Harri Richards wedi hen gynnau tân, ac yn crasu ei draed o'i flaen; byddai Eric Mathews yn dal yn ei wely, a hithau'n fore mor oer. Dim ond ar ddyddiau braf neu ar dywydd twym y byddai Eric yn dod mas i dynnu'r chwyn o'i ardd.

Aeth Oswald heibio'r tai oedd â gerddi heb weld neb. Trodd y tai â gerddi yn dai heb erddi unwaith eto, a gwelodd y siop ar y gornel. Gwelodd Brian Pugh yn ei got fawr a'i hat yn camu mas o'r siop a'i bapur o dan ei gesail.

Rhaid ei bod hi'n bum munud i naw, meddyliodd Oswald. Byddai Brian Pugh yn cyrraedd y siop am chwe munud i naw bob bore ac yn ei gadael am bum munud i naw, heb ddweud mwy na'i 'Diolch yn fawr' arferol wrth Martin Bridges y tu ôl i'r cownter wrth dalu am ei *Daily Mail*. Byddai Oswald yn gallu gosod ei wats wrth arferion Brian Pugh.

'Bore braf,' meddai Brian, gan gyfarch Oswald yn yr un ffordd ag roedd wedi'i wneud bob bore ers eu dyddiau ysgol.

'Ie, wir,' meddai Oswald, fel arfer. Wrth basio'r tai oedd â gerddi o'u blaen, roedd Oswald wedi meddwl dweud rhywbeth gwahanol wrth Brian y bore 'ma, i weld beth fyddai'n digwydd. Er cof am y mis gwyllt, falle – ond roedd e wedi cwrdd â Brian cyn iddo allu meddwl am ddim byd newydd i'w ddweud.

'Bore da, Martin,' meddai Oswald wrth Martin, oedd â'i drwyn mewn cylchgrawn ceir tu ôl i'r cownter.

Cododd Martin ei ben a gwenu ar Oswald.

'Bore da i chithau hefyd, Oswald,' meddai. 'Wel, beth fydd hi heddiw?' Daeth mas o'r tu ôl i'r cownter at y rhes o bapurau ar y silff isaf. 'Mae'r *Western Mail* yma, yr *Echo*, y *Journal* …'

Dechreuodd Martin godi'r papurau. Aeth Oswald i'w boced a thynnu papur pumpunt mas i dalu. Ystyriodd brynu paced o gwm cnoi, er mwyn gwneud rhywbeth gwahanol heddiw, ond newidiodd ei feddwl. Doedd e ddim wedi cnoi gwm cnoi erioed. Beth fyddai pwrpas dechrau rhyw arferiad newydd yn ei oedran e?

Talodd am ei bapurau, a'u gwasgu i mewn rhwng ei got fawr a siaced ei siwt, cyn mynd mas i wynebu'r oerfel.

*

'*Peacefully on Saturday, November 20, at the Princess of Wales Hospital, Bridgend, Margaret of Porthcawl …* '

'*After a long illness, on Wednesday, November 17, at Riverbank Care Home, Llanelli, Myfanwy Shepherd (formerly of Skewen) …* '

'Passed away in Peterstone ... '

'Sadly missed from Morriston ... '

Tynnodd Oswald gylch rownd dau neu dri o'r cyhoeddiadau â'i feiro werdd. Gan ddefnyddio beiro ddu, gwnaeth nodyn yn ei lyfr nodiadau glas – ei lyfr rhestrau. Dau o'r gloch yn Nhreforys a thri o'r gloch yn Sgiwen. Amhosib. Edrychodd eto yn yr *Echo*. Os oedd e am wneud diwrnod ohoni ddydd Iau a cheisio mynd i dair angladd, byddai'n rhaid iddo edrych eto ar amserlen y bysys. Rhaid oedd gwneud yn siŵr na fyddai'r tair yn rhy bell oddi wrth ei gilydd.

Edrychodd ar ei wats. Chwarter i ddeg. Byddai'n rhaid iddo roi'r gorau i drefnu dydd Iau, a chanolbwyntio ar heddiw. Cododd i ddiffodd y swits ar y tân trydan y byddai'n ei ddefnyddio i gynhesu'r stafell a chodi'r llyfr bach glas i ailddarllen y manylion ar gyfer heddiw.

Dim ond un angladd oedd gan Oswald i lawr heddiw. Un – ond un arbennig iawn. Heddiw, câi fynd i Sir Benfro, i Grymych, i angladd rhywun oedd yn perthyn iddo fe. Doedd e erioed wedi cwrdd â Walter Morgan, Pantycastell, ond roedd e wedi clywed ei fam yn siarad amdano. Mab ei chwaer hi oedd Walter, felly roedd yn gefnder i Oswald.

Ceisiodd Oswald gofio a fuodd e mewn angladd perthynas ers i'w fam farw, ond lwyddodd e ddim i feddwl am neb. Ychydig iawn o berthnasau oedd wedi bod ganddo erioed, ar wahân i'w fam. Roedd e wedi bod yn angladd dau neu dri o gymdogion, ac un neu ddau o bobol eraill roedd e wedi'u nabod dros y blynyddoedd. Fe fuodd yn angladd un neu ddau o ffrindiau bowls Bob drws nesa, a dau neu dri o bobol eraill fan hyn a fan draw. Fe fuodd yn angladd Wiliam Smith ei ffrind, oedd yn arfer gweithio fel gofalwr yn y Crem yn Nhreforys. Wiliam druan ... ond dim un perthynas.

Roedd ffotograffau o Walter yn y bocs lluniau y byddai ei fam yn ei gadw slawer dydd. Lluniau o Oswald yn fabi ac wedyn yn blentyn oedd y rhan fwyaf ohonyn nhw. Un neu ddau o luniau o dad-cu a mam-gu Oswald, ac un neu ddau o'i fam a'i chwaer yn ifanc. Lluniau du a gwyn oedden nhw bob un wrth gwrs. Doedd dim lluniau lliw yn 26, Regina Road.

Tynnodd Oswald y llun mas o'i waled unwaith eto. Llun o ddyn ifanc smart mewn gwisg milwr – yn Korea fuodd e, yn ôl ei fam. Roedd yn sefyll wrth ochor tractor – tractor Pantycastell, yn ôl ei fam – a gwên ffarmwr, nid milwr, ar ei wyneb. Gwnaeth Oswald y swm yn ei ben. Roedd y papur yn dweud bod Walter yn wyth deg pump, fyddai'n golygu ei fod e tua phump ar hugain yn y llun.

Cyd-ddigwyddiad llwyr oedd heddiw, wrth gwrs. Er nad oedden nhw'n digwydd yn aml, roedd synnwyr yn dweud eu bod nhw'n bownd o ddigwydd weithiau. Claddu ei gefnder ddeg mlynedd yn union ar ôl marw ei fam. Câi Oswald dreulio diwrnod anarferol yn gwneud rhywbeth anarferol. Roedd e wedi treulio'r deugain mlynedd diwethaf, bron, yn mynd o un angladd i'r llall ar hyd a lled yr ardal. Byddai'n mynd yn bellach na'r ardal o gwmpas weithiau. Bythefnos yn ôl, roedd e wedi mynd ar y trên i Gaerdydd i angladd yng Nghapel y Crwys. Yr amrywiaeth fwyaf diddorol dan haul o angladdau, pobol ddieithr bob un.

A dyma fe heddiw'n barod i gychwyn am angladd ei gefnder yng Nghrymych.

Teimlai Oswald ychydig bach yn nerfus. Penderfynodd wneud paned o de i geisio tawelu ychydig ar ei ansicrwydd cyn mynd ar ei daith. Fyddai heddiw'n ddim gwahanol i unrhyw ddiwrnod arall, ceisiodd gysuro'i hun. Fyddai neb yn ei nabod, a fyddai e ddim yn nabod neb chwaith. Un arall i'r llyfr coch lle byddai'n ysgrifennu adroddiad bach cryno i gofnodi prif bwyntiau a digwyddiadau pob angladd. Roedd ganddo gasgliad o lyfrau coch.

Cododd ei gwpan a sipian y te. Roedd yn rhy dwym, a chwythodd arno i geisio'i oeri. Doedd ganddo ddim gormod o amser i'w wastraffu'n yfed te cyn y byddai'n rhaid iddo fynd mas i ddal y bws i'r orsaf. Gosododd y cwpan yn ofalus yn ôl ar y soser. Doedd dim angen iddo gynhyrfu. Fyddai hi ddim yn ddiwedd y byd pe bai'n rhaid iddo daflu'r te i'r sinc heb ei yfed, fyddai e ddim yn marw o syched rhwng Abertawe a Chrymych.

Ond roedd Oswald yn gwybod hefyd na fyddai e'n teimlo'n iawn am weddill y diwrnod pe bai e'n llosgi ei wefus. Byddai llosgi ei wefus, neu orfod taflu'r te, neu redeg i ddal y bws yn gallu sbwylio'i ddiwrnod hefyd.

Yn araf bach a bob yn dipyn, meddai Oswald wrtho'i hun. Chwythodd unwaith eto ar ei de a mentro cymryd sip.

Wnaeth e ddim llosgi ei wefus, ddim y wefus uchaf na'r wefus isaf. Felly fe gymerodd e sip arall, ac o dipyn i beth, fe lwyddodd i yfed y cyfan.

Gwisgodd ei siaced a sythu ei dei unwaith eto yn y drych uwchben y tân trydan. Gwisgodd ei got fawr. Ei siwt ddu oedd amdano heddiw, nid yr un frown na'r un lwyd.

Doedd neb arall yn mynd i wybod hynny, ond heddiw, byddai Oswald yn un o'r galarwyr.

Pennod Dau

PLYGODD OSWALD EI GOT fawr yn ofalus a'i phlygu
wedyn yn ei hanner fel y gallai ei rhoi ar ei lin ar
ôl iddo eistedd. Doedd e ddim eisiau ei gosod hi
ar y silff uwch ei ben rhag i ryw gythrel ei bachu
neu fynd i'w phocedi. Doedd e ddim wedi gadael
dim byd yn ei phocedi, ond nid dyna'r pwynt:
roedd meddwl am rywun – dihiryn – yn rhoi ei
law yn mhocedi ei got i chwilio am rywbeth yn
ddigon. Sut byddai e'n teimlo wrth wybod bod
rhywun wedi gwneud hynny? Fyddai e'n gwybod
bod rhywun wedi gwneud hynny? Penderfynodd
ei bod yn llai o drafferth iddo gadw'r got gydag e,
ar ei lin, yn ei sedd.

Dechreuodd y trên symud tua'r gorllewin.
Anadlodd Oswald yn ddwfn. Roedd e'n hoff o
deithio ar y trên. Byddai'n llai o straen na mynd
ar fws: câi ei ysgwyd a'i hyrddio lai, ac ni fyddai'n
rhaid iddo symud i wneud lle i rywun basio.
Gallai wylio'r wlad yn rhuthro heibio iddo tu
fas a gweld llawer ymhellach nag a wnâi mewn
bws. Yn rhyfedd iawn, teimlai Oswald ei bod hi
bob amser yn dywydd braf pan fyddai'n teithio
ar y trên, a bob amser yn bwrw glaw pan deithiai
ar y bws. Doedd hynny ddim yn wir, wrth gwrs,
cywirodd ei hun, ond mae'n rhyfedd pa mor

gelwyddog y gall argraffiadau fod, meddyliodd wedyn. Rhaid iddo geisio gwneud esgus i gael teithio ar y trên yn amlach.

Cofiodd sut y byddai'n arfer teithio ar y trên wrth wneud ei waith mewn angladdau a oedd ymhellach i ffwrdd. Byddai hynny'n dibynnu'n llwyr pwy oedd wedi marw wrth gwrs. Os byddai'r person roedd am ysgrifennu teyrnged iddo yn byw yng Nghaerdydd pan fu farw – ar ôl symud o Abertawe – yna byddai gofyn mynd draw i'r brifddinas weithiau i angladd. Oni bai fod y person hwnnw'n 'dod adre' i gael ei gladdu wrth gwrs.

Ceisiodd Oswald feddwl am rywbeth arall yn lle meddwl am y dyddiau pan oedd yn gweithio. Roedd pymtheg mlynedd bellach ers pan oedd yn 'weithiwr', ffaith a roddodd ysgytwad iddo nawr. Roedd y pymtheg mlynedd wedi mynd fel y gwynt! Cofiodd yr olwg ar wyneb ei fam pan gyrhaeddodd adre o swyddfa'r *Chronicle* y tro diwetha hwnnw. Cofiodd y teimlad yng ngwaelod ei fola wrth i Edwards y Golygydd daranu uwch ei ben. Cofiodd beth wnaeth e, a cheisiodd droi ei feddwl unwaith eto at atgofion eraill.

*

Y mis gwyllt! Roedd hwnnw'n atgof gwell, er mor agos oedd e i farwolaeth ei fam.

Trueni drosto fe, dyna pam y daeth Amy at y drws y diwrnod ar ôl iddo fe weld ei fam ar ei chefen ar y leino. Roedd e'n gwybod hynny'n iawn o'r dechrau'n deg. Beth arall fyddai'n gwneud i ferch ddwy ar hugain oed ddod draw â chacen gan ei mam i gydymdeimlo ag e, dyn canol oed oedd wedi cael sioc? Cacen lemon oedd hi, a darnau bach o eisin lemon ar y top. Y gacen orau iddo'i blasu erioed, er nad oedd hi'n cymharu â'r cyrri a gafodd wedyn.

'Mam oedd yn meddwl y licet ti rywbeth yn y tŷ rhag ofon y bydd rhywun yn galw,' meddai Amy wrtho mewn llais hŷn na'i hoedran, fel pe bai hi'n smocio hanner cant o sigaréts bob dydd.

Pwy fyddai'n galw? meddyliodd Oswald. Dim ond i weld ei fam y byddai pobol yn galw, a nawr gan na fyddai hi gartre ...

'Mae hi moyn i ti wbod os oes unrhyw beth y gall hi ei neud ...'

Cofiodd Oswald hi'n dod i mewn ac yn eistedd yn hyderus reit, fel pe bai hi'n ddwywaith ei hoedran. Roedd Amy wedi gwenu'n llawn cydymdeimlad arno, ac wedi gofyn oedd e ar fin mynd mas i rywle gan ei fod e'n gwisgo'i dei.

'Nag ydw,' cofiodd Oswald ateb, 'dwi'n gwisgo tei bob dydd.'

Wedyn, fe wenodd Amy yn llydan, fel pe bai hi'n gweld y peth yn ddoniol iawn, ond ddim cweit yn ddigon doniol i chwerthin.

'Wel, 'na beth od i neud,' meddai Amy wrtho. Wrth weld Oswald yn crychu ei dalcen ychwanegodd, 'Dy fam oedd yn mynnu bo ti'n gwisgo tei bob dydd 'te?'

Ceisiodd Oswald feddwl. Doedd e ddim yn gwybod yr ateb.

'I beth mae rhywun yn moyn gwisgo'n smart yn ei dŷ ei hunan os nad oes neb 'ma i weld?' holodd Amy wedyn wrth sylweddoli nad oedd ganddo ateb.

Meddyliodd Oswald am rywbeth roedd e wedi'i ddarllen am goeden yn cwympo yn y goedwig heb wneud unrhyw sŵn am nad oedd neb yno i'w gweld.

'Ond ry'ch chi 'ma,' mynnodd Oswald wrth i'r peth ei daro. 'Ry'ch chi 'ma i weld.'

Gwenodd Amy eto. A dechrau chwerthin. Canmolodd Oswald ei hun yn ei feddwl am fod mor sydyn yn ateb. Byddai ei fam yn dweud wrtho o hyd fod yn rhaid iddo feddwl yn gyflym wrth siarad â phobol eraill. Bod yn rhaid iddo ddysgu dod o hyd i'w syniadau yn llawer cynt yn lle treulio awr a hanner yn meddwl, ac erbyn hynny byddai'n rhy hwyr.

Dyna *oedd* ei fam yn arfer ei ddweud, cywirodd Oswald ei hun.

'Gaf i weud cyfrinach,' meddai Amy â rhyw ddisgleirdeb yn ei llygaid. Dechreuodd Oswald deimlo'n anghysurus. Doedd cyfrinachau byth yn bethau da. Ond roedd Amy wedi dechrau eu dweud, ta beth, cyn i Oswald roi ei ganiatâd. 'Bydde'n well 'da fi dy weld ti'n tynnu dy dei,' meddai, 'a'r hen siwt 'na, ac yn gwisgo jwmper yn lle hynny.'

'Pam?' ebychodd Oswald. Beth oedd yn bod ar y ferch?

'I fi gael meddwl bo ti'n galler ymlacio yn dy dŷ dy hunan bellach,' meddai Amy.

Ar y trên i Grymych y diwrnod hwnnw, cofiodd Oswald yr olygfa hon, a dechreuodd chwysu. Roedd hi'n ddeg mlynedd ers y cyfnod gwyllt hwnnw.

Cofiodd iddo fynd i fyny'r grisiau i dynnu'r siwt a'r tei, a gwisgo'r unig siwmper a fuodd ganddo erioed – un denau i'w gwisgo o dan ei siwt ar ddiwrnodau anarferol o oer. Teimlai'n frwnt ac yn anniben heb ei dei. Edrychodd ar ei law yn gosod ei dei ar gefen y gadair yn ei stafell wely a'i gweld hi'n crynu wrth feddwl beth wnâi e pe bai Amy yn ei ddilyn lan stâr. Doedd e ddim wedi gorfod tynnu ei grys na'i drowsus i newid. Ond hyd yn oed wedyn, teimlai fel pe bai e'n sefyll yn noeth o flaen ei gymdoges ifanc – er bod dwy wal ac un nenfwd rhyngddyn nhw, a'r grisiau. Doedd dim awgrym o gwbl ei bod hi'n ei ddilyn lan lofft.

Cofiai nawr na fu angen iddo deimlo'n nerfus. Yno i'w helpu i ddod i arfer byw heb ei fam roedd Amy. Galw heibio o dan orchymyn ei mam yn y lle cyntaf, ac wedyn am ei bod hi'n ei weld yn rhyw fath o sialens i'w newid e, mwy na thebyg. Byddai'n dod draw ryw ben bob dydd, â chacennau neu fwydach arall gan ei mam, ac yn eistedd gyda fe am hanner awr neu fwy yn trafod hyn a'r llall ac arall. Byddai'n dweud wrtho am fynd mas i gwrdd â phobol gan ei fod e nawr ar ei ben ei hunan, ac ymuno â'r clwb bowls. Roedd Bob wedi ceisio'i ddenu i'r fan honno'n barod. Byddai Amy yn hoffi ei weld e'n 'gwneud rhywbeth â'i fywyd'.

'Rhaid i ti gael project,' meddai Amy.

Bob dydd heblaw dydd Sadwrn fyddai hi'n galw, cywirodd Oswald ei hun. Roedd Amy wedi dweud wrtho y byddai hi'n treulio pob pnawn dydd Sadwrn, ar ôl dod adre o'r dre, yn paratoi ar gyfer mynd mas nos Sadwrn.

Byddai Oswald yn gwneud yn siŵr ei fod yn cael cipolwg arni bob nos Sadwrn am hanner awr wedi saith ar y dot, yn dod mas o drws nesa a phasio'i gyrtens net, wrth fynd i gyfeiriad y dre.

Byddai'n clywed sŵn y sodlau uchel. Byddai'n sylwi hefyd ar y llathenni o deits les du, a'r macyn poced o sgert a roddodd strôc i'w fam, wrth iddi fynd heibio'i ffenest cyn diflannu o'i olwg i lawr y stryd.

Byddai'n boddi ei feddyliau wedyn yn rhaglenni teledu nos Sadwrn, rhag meddwl amdani.

Erbyn nos Sul, byddai Amy yn ei jîns unwaith eto, ac yntau bellach wedi dysgu byw heb ei dei.

Mis. Ie, tua mis. Noson neu ddwy ar ôl iddi ddod â cyrri draw iddo mewn pecynnau ffoil llachar o'r siop ar waelod y rhiw, fe stopiodd ymweliadau Amy. Clywodd gan ei mam ei bod hi wedi mynd i fyw i Orseinon at ryw fecanic o'r enw Meic neu gyda garddwr o'r enw Gari. Doedd Oswald ddim yn gwybod yn iawn pa un gan fod y sioc wedi'i lorio fe braidd ar y pryd. A doedd ganddo fe ddim digon o gyts i ofyn i fam Amy wedyn pa un o'r ddau oedd yn iawn.

Do, fe alwodd Amy ddwywaith neu dair wedyn, cyn iddi anghofio'n llwyr am Oswald. Ond bob tro y byddai hi'n galw wedi hynny, byddai Oswald 'nôl yn gwisgo'i siwt a'i dei.

Erbyn i Oswald gyrraedd y pwynt hwn yn ei atgofion, roedd y trên wedi cyrraedd Clunderwen.

*

25

Roedd tacsi o Glunderwen i Grymych yn gostus, fe wyddai, ond roedd heddiw'n ddiwrnod anarferol. Ddim bob dydd byddai rhywun yn claddu aelod o'i deulu.

'Beth sy'n eich tynnu chi i Sir Benfro 'te, os nag y'ch chi'n mindo bo fi'n gofyn?' holodd dyn y tacsi. Dyn reit ifanc oedd e, yn rhy ifanc i fynd i ofyn cwestiynau fel pe bai e'n hen ŵr, neu'n ddyn canol oed o leiaf. Ond doedd dim ots gan Oswald. A dweud y gwir, roedd e wrth ei fodd yn cael dweud wrth rywun pam roedd e yno heddiw.

'Angladd,' atebodd gan ledu ei hun dros y sedd ôl.

'O, ddrwg iawn 'da fi glywed,' meddai'r dyn tacsi gan edrych ar Oswald yn ei ddrych. 'Neb agos, gobeitho.'

Cyn ateb, gadawodd Oswald i gydymdeimlad y gyrrwr tacsi dreiddio i'w feddwl.

'Eitha agos,' meddai Oswald. 'Cefnder.'

'Jiw, ma'n ddrwg 'da fi,' meddai'r dyn tacsi wedyn. 'O'ch chi a fe'n glòs iawn?'

Ystyriodd Oswald beth i'w ddweud. Roedd e eisoes wedi dweud 'cefnder'. Roedd cefnder yn berthynas eitha clòs. Ond roedd hwn eisiau manylion.

'Ma bywyd yn tueddu i'n gwahanu ni fwy na fydden i moyn,' meddai'n bwyllog.

'Wel odi, wrth gwrs,' meddai dyn y tacsi. 'Y ffaith 'ych bod chi'n deulu yw'r peth pwysig. Ma gwa'd yn dewach na dŵr yn y diwedd, on'd yw e?'

'Digon gwir,' meddai Oswald yn ddoeth. 'Digon gwir.'

Roedd Walter yn gefnder iddo fe, ta beth oedd y ffactorau oedd yn gyfrifol am eu cadw nhw ar wahân. Cofiodd ei fam yn sôn am ryw gweryl rhwng y teulu, a meddyliodd tybed ai dyna pryd y penderfynodd ffawd na fyddai fe byth yn cael cwrdd â'i gefnder. Chwrddodd e ddim chwaith ag unrhyw un arall o deulu ei fam, dim ond eu gweld nhw mewn lluniau. A digon posib hefyd, meddyliodd Oswald – nid am y tro cynta – fod gan y cweryl rywbeth i'w wneud â'i dad, pwy bynnag yn y byd mawr oedd hwnnw. Bob Nadolig, ar ôl iddi gael hanner potelaid o sieri, byddai ei fam yn arfer sôn am ei chartref ac yn troi at y lluniau yn ei bocs am antur flynyddol.

'Gwreiddie,' meddai dyn y tacsi wedyn – yn ystyried ei hun yn dipyn o fardd, mae'n rhaid. 'Y rheini sy'n ein clymu ni, ontefe?'

'Digon gwir,' meddai Oswald wedyn. A phenderfynu na allai ailadrodd 'digon gwir' eto, gan y byddai hynny'n golygu y byddai wedi'i ddweud e am y pedwerydd tro. 'Gwreiddie sy'n ein clymu ni.'

Fe barodd y saib a ddilynodd am sawl milltir – a dyn y tacsi'n ceisio meddwl beth arall i'w ddweud, ac Oswald yn meddwl beth oedd o'i flaen.

'Beth y'ch chi'n feddwl o'r ffwtbol 'te?' holodd dyn y tacsi, ar ôl penderfynu ar destun nesaf y sgwrs.

*

Yng Nghrymych, arhosodd y tacsi y tu fas i'r capel. Trueni na fyddai'n gar du, meddyliodd Oswald, yn hytrach na gwyn, ac yntau'n un o'r galarwyr. Talodd Oswald, a chofio gofyn i ddyn y tacsi ddod i'w nôl e mewn digon o bryd i ddala'r trên yn ôl am Abertawe ymhen dwy awr. Addawodd dyn y tacsi y byddai'n gwneud hynny, a dymuno pob hwyl iddo cyn cywiro'i hunan: 'Gobeitho eith popeth fel y dylai.'

Diolchodd Oswald iddo a throi i mewn i'r capel. Roedd nodau'r organ yn ei gyfarch. Wrth y drws, roedd dyn ifanc – gwas bach y trefnydd angladdau, barnodd Oswald – yn barod i'w gyfeirio i sedd addas.

'Teulu, neu ffrindie,' holodd, yn fwy tebyg i briodas, meddyliodd Oswald, nag i angladd. Ond roedd e'n gwestiwn oedd i'w glywed yn aml mewn angladdau bellach, ac yntau wastad yn gorfod ateb: 'ffrindie', neu 'cydnabod'. Roedd 'teulu' yn ffaith. Gwaed. DNA. A 'ffrind' neu 'cydnabod' yn fater o ddehongliad. Gallai ddadlau bod darllen am rywun yn y papur yn ffurf ar adnabod. Hefyd, bod yr awydd oedd ynddo i *ddod* i adnabod y person a fu farw yn ddigon i'w ddisgrifio fel 'cydnabod'. Wedi'r cyfan, dyna'i brif reswm dros fynd i angladd: dod i nabod yr un a fu farw drwy gyfrwng y gwasanaeth. Byddai teyrngedau'r rhai oedd wedi adnabod y sawl a fu farw yn dweud cymaint wrth Oswald am yr un a gollwyd. Byddai'r gwahaniaethau bach rhyngddyn nhw'n gwneud pob angladd yn wahanol, a phob person marw'n wahanol o ganlyniad. Felly, yn naturiol, roedd pob person byw yn wahanol hefyd.

Heddiw, byddai'n gallu ateb: 'teulu'.

Cerddodd i lawr i'r tu blaen, heibio tua dwsin o'r gynulleidfa at y man lle roedd y teulu i fod i eistedd. Byddai wedi gallu aros amdanyn nhw – y teulu 'swyddogol' – wrth y drws, ac ymuno â'u gorymdaith drist i'r ffrynt, ond roedd e'n rhy nerfus i'w gyflwyno'i hunan. Efallai y bydden nhw'n aros iddo fe esbonio pwy oedd e, a byddai hynny'n torri ar drefn yr angladd. Doedd e ddim eisiau bod yn gyfrifol am wneud hynny.

Anelodd am y rhesi blaen a gweld mai dim ond lle i tua deg oedd wedi'i gadw. Gwelodd yr arch lle roedd ei gefnder yn gorwedd. Aeth i mewn i ben pellaf un o'r ddwy res oedd wedi'u cadw ac eistedd. Teimlodd lygaid y gynulleidfa ar ei gefen. Plygodd ei ben i roi gweddi fach sydyn, nad oedd yn weddi heddiw oherwydd ei nerfau, ond a fyddai'n edrych i'r gynulleidfa fel petai'n weddi. Er gwaethaf ei nerfau, ni fedrai beidio â theimlo balchder. Am unwaith, roedd ganddo gymaint o hawl â neb i fod yma. Roedd e'n deulu.

Daeth yr organ i stop yn sydyn ar ganol un o ddarnau Handel a dechrau chwarae 'Rho im yr hedd'. Clywodd ddrws y capel yn gwichian wrth i'r gynulleidfa godi ar ei thraed a'r teulu'n ymlwybro tuag ato. Ni throdd i edrych, ac ni chododd ar ei draed.

Gwelodd syndod ar wynebau'r ddynes mewn oed a'r ferch a drodd i mewn i'r rhes lle roedd e'n eistedd, a gwelodd ddynes arall a dau ddyn ifanc bob ochr iddi, yn mynd i mewn i'r rhes flaen. Daeth gŵr tal, canol oed, at ben y rhes lle roedd Oswald yn eistedd. Teimlodd fod pawb yn edrych arno ond wnaeth e ddim troi i'w cyfarch.

Yn lle hynny, edrychodd ar y blodau ar yr arch a synnu o weld mai blodau gwyllt oedden nhw: gwyddfid, blodau menyn, clychau glas … a hithau'n fis Rhagfyr! Doedd ond un ateb, wrth gwrs – blodau plastig fydden nhw. Pwy ar wyneb y ddaear fyddai'n rhoi blodau plastig ar arch perthynas?

O fewn rhai munudau – ar ôl canu 'Mi glywaf dyner lais' – fel pe bai'r gweinidog wedi darllen meddwl Oswald, fe gafodd ei ateb. Wrth ddechrau ei deyrnged, soniodd mai Walter ei hun oedd wedi mynnu cael blodau gwyllt ar ei arch. Doedd e ddim wedi ystyried beth fyddai'n digwydd pe bai'n marw ynghanol y gaeaf, a fawr ddim blodau gwyllt ar gael yn unman. Felly roedd ei nith annwyl, Delyth, wedi gofalu y câi Walter yr hyn roedd e wedi gofyn amdano. Ar y pwynt yma, edrychodd y gweinidog i gyfeiriad y ddynes ganol oed yn y rhes flaen oedd yn codi macyn at ei llygaid.

Wel, meddyliodd Oswald, chwarae teg i ti, Delyth, sut bynnag rwyt ti'n perthyn i fi. Byddai'n ysgrifennu'r hanes yn ei lyfr coch heno. Y tro cyntaf iddo ddod ar draws angladd â blodau plastig ar arch ...

Dysgodd Oswald lawer am Walter yn ystod yr awr honno. Dysgodd ei fod e'n gawr o ddyn, yn chwe troedfedd tair modfedd yn nhraed ei sanau. Roedd ei wallt yn dywyll ac roedd e'n aml yn cael ei gamgymryd am Eidalwr pan oedd e'n ddyn ifanc, ac yn dipyn o Romeo oherwydd hynny. Dysgodd ei fod yn bencampwr am chwarae pontŵn ers ei ddyddiau yn Korea, a'i fod e'n gallu adrodd 'Gweddi'r Arglwydd' am yn ôl. Dysgodd ei fod e a'i ddiweddar wraig, Maria, a fu farw yn 1974, wedi gobeithio cael plant ond 'nad oedd hynny ddim i fod'. Roedd e'n golygu'r byd i gyd yn grwn i Delyth, nith ei wraig Maria, a'i meibion, Darren a Philip. Roedd e wedi llithro i'r arferiad o gysgu yn y capel yn ystod oedfa'r Sul. Roedd e'n hoff iawn o gwsberis. Roedd e'n casáu gwleidyddion. Ac roedd e'n dilyn hynt a helynt tîm pêl-droed Abertawe, ac wrth ei fodd yn eu gweld nhw'n trechu'r Saeson yn yr Uwch-gynghrair.

Abertawe, meddyliodd Oswald, pan glywodd e hyn. Fy nghartre i. Dyna ryfedd. Am gydddigwyddiad – er ei fod e'n gwybod hefyd nad oedd yn beth rhyfedd iawn i ddyn o Grymych gefnogi Abertawe. Doedd e ddim yn llawer o gyd-ddigwyddiad chwaith, gan nad oedd Oswald erioed wedi bod ag unrhyw fath o ddiddordeb mewn pêl-droed, er ei fod e'n dod o Abertawe.

Trawodd un ffaith Oswald yn sydyn. Rhyw dri chwarter ffordd drwy'r gwasanaeth, o bawb oedd yno, roedd hi'n edrych taw fe oedd yn perthyn agosaf at Walter wedi'r cyfan. Fe oedd y prif alarwr!

Ar ôl i'r gweinidog roi'r fendith, dilynodd Oswald y teulu mas, yn falch o gael gweddill y gynulleidfa'n edrych arno â chydymdeimlad. Doedd pob un ddim yn llawn cydymdeimlad chwaith, gallai ddychmygu: byddai un neu ddau'n crafu ei ben yn ceisio meddwl pwy ar wyneb y ddaear oedd e. Anelodd yr arch am y fynwent, a dilynodd y teulu, ac Oswald ar ddiwedd y rhes.

Daeth gweddill y gynulleidfa mas, a dilyn y teulu. Cafodd yr arch a'r blodau plastig eu gostwng i'r gwagle wrth y domen bridd. Roedd Oswald wedi meddwl y byddai Delyth neu rywun arall yn estyn am y blodau plastig i'w hachub, ar gyfer eu defnyddio eto, ond wnaeth neb y fath beth.

Byddan nhw'n cymryd oesoedd lawer i bydru, meddyliodd Oswald.

Canodd pawb 'Tydi a wnaeth y wyrth' gystal ag y gallen nhw, a methu taro'r nodau uchaf. Yna, gwahoddodd y gweinidog y teulu ymlaen i gamu heibio'r twll. Cofiodd Oswald iddo gael gwneud yr un peth ar ei ben ei hun yn angladd ei fam.

Ychydig roedd e'n ei gofio am y diwrnod hwnnw, ac roedd hynny ynddo'i hun yn ei synnu. Fe, o bawb, yn methu cofio pob manylyn am yr angladd bwysicaf y bu ynddi erioed. Roedd e'n brif alarwr yn honno wrth gwrs. Fe oedd yr unig alarwr, er bod Bob a Mrs Bob yn hofran rywle'n agos i'r tu blaen ond yn dal 'nôl oherwydd rhyw embaras nad oedden nhw'n perthyn yn ddigon agos ati i haeddu lle yn y tu blaen. Cafodd Oswald ei adael ar ei ben ei hunan yn sedd flaen y capel, felly.

Roedd 'na fwy wedi dod i'r angladd honno er hynny – rhyw ddeg ar hugain i gyd, llond llaw yn fwy nag a ddaeth heddiw. Crynodd Oswald wrth gofio bod Major George Riley i'w weld yn ddyn mor fawr yn y galeri – o leia wnaeth e ddim ceisio dod i eistedd yn y rhes flaen. Doedd e ddim yn gwneud unrhyw synnwyr, meddyliodd Oswald, fod y Major a'i drwyn mawr lliw mefus a'i fola casgen gwrw yn fyw ac yn iach, a'i fam e wedi marw. Roedd hi bob amser wedi edrych mor iach. Dyna'r unig beth a gofiai Oswald yn glir am y diwrnod hwnnw – y Major yn y galeri, mas o'r ffordd, a fe, Oswald, yn y sedd flaen lle roedd e i fod.

'Pwy ga i weud y'ch chi 'te?' gofynnodd y dyn canol oed yn eithaf caredig i Oswald nawr.

Safai Oswald ar ddiwedd rhes y teulu a oedd yn sefyll yno i gyfarch gweddill y gynulleidfa wrth gât y fynwent, a'r dyn canol oed drws nesa ato.

'Oswald Jones,' meddai Oswald Jones, yn falch o'r diwedd o gael cyflwyno'i hunan. 'Mab Mary, chwaer fach Dora, mam Walter.'

'Wel, jawch erio'd!' ebychodd y dyn. 'Pwy fydde'n meddwl? Delyth, Delyth, dere 'ma.'

Daeth nith Walter draw atyn nhw, a dechreuodd Oswald boeni beth fyddai ymateb hon i'w bresenoldeb ar ôl yr hen gweryl, oedd mor hen ag yntau.

'Geshi di byth pwy yw hwn, Delyth!'

Dangosodd wyneb Delyth nad oedd ganddi hithau chwaith ddim syniad pwy oedd y dyn dieithr yn eu plith.

'Ti'n cofio fi'n gweud wrthot ti am chwaer Dora? Amdani hi'n ca'l babi tu fas i briodas ac yn dianc i lawr i ... lle aeth hi, gwed?'

Edrychodd tuag at Oswald am gymorth.

'Abertawe,' meddai hwnnw'n aneglur. Doedd e ddim yn teimlo'n hynod o gyffyrddus wrth i hwn daflu hanes oedd mor hen o gwmpas y lle, fel crystiau i wylanod, hen hanes nad oedd yn bosib ei newid.

'Abertawe! Ie, 'na beth glywes inne 'fyd. Cyn 'y ngeni i wrth gwrs.' Estynnodd ei law i Oswald. 'Steven. Mab i ffrind gore Walter. Jiw, jiw, dyma beth yw syndod!'

Doedd Delyth ddim wedi digio, wedi'r cwbwl. Rhaid bod y blynyddoedd wedi gwneud gwahaniaeth, meddyliodd Oswald. Yn y sgwrs a ddilynodd, dywedodd Delyth mai prin roedd hi'n gwybod dim am unrhyw gweryl, ta beth: prin fod neb ar ôl yn y byd wedi clywed am y cweryl – neb ond Steven, nad oedd yn perthyn i Walter hyd yn oed, ac Oswald ei hunan.

Cofiodd Oswald y troeon hynny'n blentyn

pan oedd e wedi bod ar fin gofyn i'w fam pwy oedd ei dad. Roedd e *wedi* gofyn unwaith neu ddwy iddi ond anwybyddu'r cwestiwn wnâi hi, a throi'r pwnc yn gywir fel pe bai hi wedi'i tharo'n fyddar a heb glywed y cwestiwn. Roedd ganddi ddigonedd i'w ddweud am bob math o bethau eraill: am ben-ôl Amy O'Shea o dan y sgert fer, pris torth o fara, pwysigrwydd edrych yn deidi, ac am gofio rhoi'r te i mewn cyn y llaeth.

Pam taw'r pethau pwysig bob amser yw'r pethau dy'n ni byth yn eu dweud?

Ymunodd y gweinidog â'r criw y tu ôl i weddill y gynulleidfa, oedd bellach yn dechrau gadael yn eu ceir.

'Ddrwg calon 'da fi am eich colled,' meddai'n beiriannol wrth Oswald. Chwyddodd Oswald. Cofiodd y gweinidog yn gwneud yr un fath yn angladd ei fam. Teimlai'r un dyfnder heddiw. Roedd e yma am fod hawl ganddo i fod yma. Mwy o hawl na neb.

Câi dreulio gweddill y diwrnod yn sgwrsio â'r rhain, gweddill ei deulu o Grymych. Gallai aildrefnu gyda dyn y tacsi i ddod yn ei ôl yn nes ymlaen, fel y gallai gyrraedd Clunderwen erbyn y trên olaf, tua deg o'r gloch y nos, ar ôl diwrnod yng nghwmni ei deulu. Agorodd ei geg i ofyn ai yn y festri roedd y te angladd, gan fwriadu dilyn y rhain yno i wneud yn siŵr ei fod e'n cael ymuno â nhw ar ford y teulu.

Ond roedd Steven yn estyn ei law iddo eto: 'Wel! Ma'n bryd i fi ei throi hi. Dda iawn 'da fi gwrdd â chi.'

Ysgydwodd Oswald y llaw'n reddfol, wrth i Delyth estyn ei llaw hithau. Doedd bosib eu bod nhw'n gwrthod gadael iddo fynd gyda nhw i gael te. Ond gwelodd fod un o feibion Delyth eisoes yn troi'r car rownd wrth fynedfa'r capel, a'r mab arall yn amlwg yn disgwyl amdani.

Roedd Steven yntau'n dal allweddi ei gar yn ei law. Pwy glywodd erioed am angladd heb de angladd i ddilyn? Wel, do, roedd Oswald wedi bod mewn angladdau heb de angladd o'r blaen, ond a oedd ei gefnder, Walter, yn berson mor unig fel na fyddai neb yn fodlon trefnu te angladd ar ei gyfer?

Diflannodd pawb o un i un, gan adael Oswald yn aros am ddyn y tacsi am dros hanner awr wrth gât y capel.

'Shwt aeth hi 'te?' holodd hwnnw, yn union fel pe bai Oswald wedi bod yn gwylio gêm bêl-droed yn hytrach na bod yn brif alarwr yn angladd ei gefnder – nad oedd e erioed wedi cwrdd ag e.

Pennod Tri

Ar y Major roedd y bai. Wrth edrych yn ôl, y Major oedd y tro yn llwybr ei fywyd, fel cyllell llawfeddyg wedi'i gadael ar ôl yn y bola ar ôl llawdriniaeth. Y Major, a'i wyneb mawr coch, maint pêl-fasged, a bwlyn drws o drwyn mawr cochach a hwnnw'n sglein i gyd. Roedd ganddo hefyd fola crwn, crwn o dan ei wasgod, a phâr o goesau main, digon main i lanhau piben ddŵr. Duw a ŵyr beth welodd ei fam yn y dyn.

Chafodd hi fawr o gyfle, atgoffai Oswald ei hun. Roedd e'r Major wedi bwrw ei rwyd amdani, a go brin y gallai hi ei wrthod heb golli ei gwaith. A'r jôc oedd, jôc fawr bywyd, oedd taw fe, Oswald, gollodd ei waith yn y diwedd a fe hefyd oedd yn gyfrifol am y ffaith fod ei fam wedi colli ei gwaith.

Doedd e ddim yn fwy o Major nag Oswald, wrth gwrs, ond bod rhywun, slawer dydd, wedi dechrau ei alw'n hynny. Yn y dyddiau pan oedd yr hen deip o Doriaid yn dal i reoli, roedd y Major, fel y John Major hwnnw yn rhif 10, Stryd Downing, yn atgoffa dyn lle roedd e'n sefyll mewn cymdeithas. Ac roedd y Major, yn ei farn ef ei hun, uwchlaw pawb arall o'i amgylch yn y gymdeithas.

Fuodd e erioed yn y rhyfel, na hyd yn oed yn y fyddin – bancer oedd e cyn ymddeol – ac roedd ganddo fe dŷ mawr ar gornel Oystermouth Road. Laburnum House oedd enw'r tŷ ac ynddo roedd sawl stafell yn llawn llwch i'w glanhau. Gwaith mam Oswald oedd gwneud hynny.

Roedd y Major yn dipyn o foi yn y ddinas. Yn taflu ei arian, neu arian y banc, ar hyd y lle i gael ei weld. Ac fe daflodd e damaid bach – mwy na thamaid bach – i gyfeiriad ei ddynes glanhau hefyd. Rhoddodd freichled iddi, a sgarffiau, sent, mwclis a menig bach gwyn â thasl bach arian wrth y garddwrn. Ond yr hyn a gofiai Oswald orau oedd y pwrs aur a phorffor â phlu bob lliw fel rhai paun yn y canol, plu meddal, meddal.

Roedd y cyfan lan stâr mewn bocs.

Fe gymerodd hi rai blynyddoedd i'r Major rwydo'i fam. Chwympodd hi ddim am ei gastiau fe'n syth. Roedd hi'n gwybod yn iawn sut un oedd e, yn uchel ei gloch yn ei Saesneg crand ar Gyngor y Ddinas er mwyn gwneud yn siŵr ei fod yn cael ei weld. Byddai'n cael ei ganmol am noddi'r *Drama Society* a'r *Swansea Historical League* ac unrhyw beth arall oedd yn chwilio am arian er mwyn iddo fe, y Major ei hun, gael sylw.

Ond ildio wnaeth Mary yn y diwedd. Buan iawn y dechreuodd ddod â pharseli bach adre

gyda hi o'i gwaith, a rubanau amdanyn nhw
wedi'u clymu fel mae gweithwyr siopau anrhegion
drud y ddinas yn ei wneud. Fe rybuddiodd Oswald
hi i fod yn ofalus. Allai neb ddweud nad oedd
e wedi gwneud dim byd. Ond roedd Mary wedi
cwympo am y castiau erbyn hynny ac roedd hi'n
rhy hwyr. Buan iawn y byddai hi'n cadw golwg
ar fwy na'r tŷ i'r Major.

'Chwarae teg iddo fe,' fyddai hi'n ei ddweud
drwy'r wên fach ddirgel na welsai ei mab erioed
o'r blaen. 'Yn meddwl amdana i ...'

'Ie, wir,' byddai Oswald yn ei ddweud bob
tro, heb feddwl hynny, ar wahân i'r un tro, pan
feiddiodd e ddweud: 'Cymer di ofal, Mam,' yn
lle hynny.

Dim ond edrych arno fe'n rhyfedd wnaeth ei
fam, ac ni feiddiodd Oswald ddweud gair arall ar
y mater wedyn.

Y bore hwnnw y cyrhaeddodd y sanau sidan
glas y newidiodd pethau. Gwyliodd ei fam yn
agor y parsel bach, yn tynnu'r ruban coch yn
rhydd â gofal mam. Ei agor â'r fath dynerwch
i gael gweld beth oedd ynddo, cyn ei godi at ei
thrwyn, a thynnu ei gwynt. Roedd ei llygaid ar
gau, fel pe bai hi'n ogleuo pen babi wythnos
oed. Doedd hi ddim fel pe bai hi'n cofio bod
Oswald yn y stafell. Y bore hwnnw, aeth Oswald
i swyddfa'r *Chronicle* fel arfer, i ysgrifennu'r

rhestr o bobol bwysig a fu farw dros y ddau neu dri diwrnod diwethaf. Fel arfer, byddai'n trafod â golygydd yr adran 'Notices and Miscellaneous' pa rai fyddai'n gofyn am ddawn Oswald i greu teyrnged flodeuog iddynt.

Y bore hwnnw, dechreuodd feddwl am gynllun wnaeth dyfu a thyfu yn ei ben, ac yn raddol fe gollodd pob rheswm a oedd ganddo.

Y bore hwnnw fe benderfynodd e ladd y Major.

*

Madeleine oedd y person diwethaf roedd e eisiau ei weld, mewn gwirionedd. Byddai'n well ganddo pe bai Bob wedi galw, ond anaml iawn y byddai e'n galw, a Madeleine oedd yr unig un fyddai wedi gallu galw, o feddwl am y peth.

Ac fe wnâi hi'r tro. Roedd e'n ysu am gael dweud wrthi lle roedd e wedi bod. Roedd e wedi hongian ei siwt ddu a'i dei du yn ôl yn y wardrob fawr ddu, felly doedd hi ddim yn mynd i wybod ble roedd e wedi bod heb iddo ddweud wrthi. Roedd yn difaru iddo newid ei ddillad mor glou. Gallai fod wedi aros ynddyn nhw drwy'r dydd ac yntau mewn galar.

Flapjacs oedd hi heddiw – dau ddwsin mewn bocs plastig.

'Sa i wedi ca'l cyfle i bennu'r rhai ddaethoch chi i fi echdoe 'to ...' dechreuodd Oswald.

Doedd e ddim hyd yn oed wedi bwyta 'run gacen. Byddai pobol eraill wedi ceisio rhuthro i'r gegin i guddio'r bocsaid o gacennau bach rhag siomi'r ferch oedd wedi'u coginio mor annwyl. Ond wnaeth hynny ddim croesi meddwl Oswald. Neu os gwnaeth e, rhyw feddwl oedd e falle y byddai gweld nad oedd ei chacennau'n cael eu bwyta yn ddigon i wneud iddi gadw draw.

'Byddan nhw'n neis gyda'r *fairy cakes*,' meddai Madeleine wrth i'w llygaid lanio ar y llond bocs cyntaf yn y gegin. 'Gewn ni gwpaned bach neis o de, a chacen a fflapjac yr un pryd. Beth wyt ti'n gweud, Oswald?'

Cer o 'ma, meddai Oswald yn ei ben – heb feddwl hynny'n llwyr chwaith. Yn gyntaf, câi hi glywed lle roedd e wedi bod, ac os oedd yn rhaid i hynny ymestyn i baned o de a chacen yn ei chwmni, wel dyna fe.

Aeth Madeleine ati i lenwi'r tegell a chynhesu'r tebot roedd hi wedi dod o hyd iddo yng nghefen y cwpwrdd uwchben heb ofyn i Oswald, fel pe bai hi'n berchen y lle. Safai Oswald yn y drws rhwng y gegin a'r stafell fyw.

'Platiau?' holodd Madeleine gan agor drysau'r cypyrddau, a tharo'i llaw ar gwpwl o blatiau

blodeuog glas ag ymyl aur. Dyma'r set roedd ei
fam yn dweud y byddai pob pâr priod yn ei chael
yn bresant priodas. Roedd hi wedi'i phrynu hi yn
y farchnad pan oedd Oswald yn fachgen bach,
a bron mor browd ohonyn nhw ag roedd hi o
Oswald.

Roedd e'n hanner disgwyl i Madeleine ofyn
beth roedd e wedi bod yn ei wneud heddiw – neu
angladd pwy roedd e wedi bod ynddi, gan ei bod
hi'n gwybod mai dyna oedd ei arbenigedd. Roedd
eisiau cael ateb ei fod e wedi bod yn angladd ei
gefnder heddiw, ei unig gefnder. Ond wnaeth hi
ddim gofyn.

Byddai bwrw ati i sgwrsio yn rhoi'r neges
anghywir iddi. Ond roedd e ar dân eisiau dweud
wrth rywun. Gallai sôn wrth Martin yn y siop
bapurau newydd bore fory, ond roedd bore fory'n
bell i ffwrdd. Falle na châi e gyfle os byddai'r
siop yn llawn, a fyddai gan Martin ddim amser i
siarad ag e.

'Nawr 'te, ishte di i lawr fyn'na,' meddai
Madeleine wrtho, gan bwyntio at y gadair lle
byddai'n arfer eistedd wrth y bwrdd. Dyna'r
gadair lle byddai'n eistedd deirgwaith y dydd,
bob dydd o'i oes, heb i neb ddweud wrtho fe am
wneud.

Eisteddodd Oswald, wrth i Madeleine fynd
heibio iddo i estyn cadair iddi hi ei hun o'r stafell

fyw. Aeth heibio i Oswald a'r bwrdd, a gwneud lle ar ben arall y bwrdd, lle roedd y plat a'r cwpan te a'r soser a'r gyllell wedi'u gosod yn barod ar ei chyfer hi, gyferbyn â llestri Oswald. Estynnodd Madeleine y platiaid o fflapjacs a'r platiaid arall o gacennau bach o ben y *worktop* a'u gosod nhw ar y bwrdd, yn y canol rhwng y ddau ohonyn nhw.

'Neis, ontefe,' meddai Madeleine.

Neis iawn wir, meddyliodd Oswald heb ddweud gair, a heb ei feddwl chwaith. Pam na roddai hon lonydd iddo fe?

'A bydd y te'n neis hefyd,' meddai Madeleine wrth i'r tegell ferwi – ei hamseru'n berffaith fel arfer.

Estynnodd Oswald am un o'r fflapjacs. Torrodd ddarn bach a'i roi yn ei geg. Roedd yn ffein, doedd dim dwywaith am hynny. Gwasgodd flaen ei fys ar y briwsion oedd wedi dod yn rhydd wrth iddo dorri'r darn a'i fwyta. Roedd y plat yn lân, ar wahân i weddill y fflapjac, ond yn disgleirio o saim neu fêl neu beth bynnag oedd mewn fflapjacs. Cyn iddo fe gymryd cegaid arall o fflapjac, rhoddodd Madeleine ei baned o de iddo ar y bwrdd wrth ei fraich.

'Diolch,' meddai Oswald. Fyddai e ddim yn cymryd cegaid arall o'i fflapjac nes y byddai wedi dweud wrthi.

'O'n i wedi meddwl gofyn i ti hefyd,' meddai Madeleine gan dorri ar draws ei feddyliau.

Damio hi!

'Ma'r clwb bowls yn cynnal nosweth gymdeithasol ddiwedd y mis, tuag at Dolig. Mae pawb yn gwahodd rhywun.'

Pam oedd hon yn mynnu sbwylo pethau?

'Mae Bob a Margaret yn mynd. Ti'n nabod nhw,' aeth Madeleine yn ei blaen, gan neidio dros fylchau heb eu llenwi yn y sgwrs, nes gadael pen Oswald yn troi. 'Bydde'n gyfle i ti gael cino Dolig yn y Grove a noson yng nghwmni ffrindie. Fe ddylet ti dreial dod mas fwy ...'

Doedd e ddim yn *mynd* i gymryd cegaid arall o fflapjac nes y byddai wedi dweud beth oedd ar ei feddwl. Wnâi e ddim!

'Fydde dim raid i ti neud dim byd, dim ond gwisgo siwt. Rwyt ti'n gwisgo siwt bob dydd. Falle gallet ti wisgo dy siwt ore, yr un rwyt ti'n mynd i angladde ynddi.'

'Yr un ddu!' ebychodd Oswald gan godi ei ben i edrych arni'n iawn am y tro cyntaf.

Edrychodd Madeleine arno'n chwilfrydig.

'Fel mae'n digwydd, wisges i honno heddi.'

'Do fe?' meddai Madeleine, yn amlwg yn synnu tamaid bach fod sôn am siwt yn cael y fath ymateb gan Oswald.

Bachodd yntau ar ei gyfle i egluro. 'Fe fues i

mewn angladd ...' dechreuodd, ac roedd rhaid i'r hen golomen ddwl dorri ar ei draws.

'Wel, do, wrth gwrs 'ny, dyna beth wyt ti'n *neud*, ontefe, Oswald.'

'Angladd wahanol,' mynnodd gael dweud ei neges. 'Angladd perthynas. Angladd 'y nghefnder i, fel mae'n digwydd.'

'O,' deallodd Madeleine. 'Y siwt *ddu*.'

'Ie,' anadlodd Oswald yn fwy rhydd.

'Ma'n ddrwg iawn 'da fi glywed,' meddai Madeleine. 'O't ti'n neud llawer 'da fe?'

Rhythodd Oswald arni, a sylwi am y tro cyntaf pa mor las oedd ei llygaid er ei bod hi mor hen. Deg mlynedd yn iau na fe, ond yn dal i fod yn hen i fod â llygaid mor las. Doedd gyda fe ddim syniad beth oedd yr ateb i'w chwestiwn. Neu'n hytrach, fe wyddai'r ateb yn iawn, ond doedd e ddim am gyfadde'r ffaith ... a beth oedd y ffaith, ta beth?

'Nag o'n, dim llawer,' meddai Oswald. 'Ddim fel digwyddodd pethe.'

'So nhw byth yn *digwydd*,' meddai Madeleine yn ofalus.

Dyma'r tro cyntaf iddo fe sylwi arni'n siarad yn ofalus. Fel arfer, neidio i mewn i sgwrs fyddai hi. Ond ers iddo fe ddechrau sôn am yr angladd, roedd hi wedi arafu ei siarad i hanner ei chyflymder arferol. Roedd ei llygaid yn ei wylio fel pe bai e am neidio ar ben y ford fach yn y gegin a dechrau canu.

'O'n i'n un o'r *chief mourners*,' meddai Oswald. Ond am ryw reswm, roedd dweud hynny wrthi wedi dilyn rhyw lwybr gwahanol i'r un roedd e wedi'i gynllunio.

'O't ti wir?' meddai Madeleine.

'Y prif alarwr,' meddai Oswald gan obeithio bod y Gymraeg yn rhoi mwy o ddyfnder i'w alar.

'Ma'n ddrwg 'da fi,' meddai hi, yn ddieithr braidd.

Ystyriodd Oswald adael pethau ar hynny, a bwyta gweddill ei fflapjac, ond clywodd ei hun yn dweud: 'O'n i ddim yn 'i nabod e, Madeleine. Yr unig berthynas oedd ar ôl 'da fi yn y byd, a do'n i erio'd wedi cwrdd ag e.'

Edrychodd Madeleine arno am eiliad neu ddwy, yn ceisio penderfynu beth i'w ddweud. Yn y diwedd, estynnodd ei llaw i gwrdd â'i law, a gafael ynddi am eiliad fach. Yna tynnodd ei llaw yn ôl am ei bod hi'n gwybod na fyddai Oswald wedi cadw ei law e yno iddi gael gafael ynddi'n hir.

'Ond o'dd hi'n neis bo ti wedi cael talu'r gymwynas ola iddo fe,' meddai Madeleine.

Nodiodd Oswald. A bwytodd weddill ei fflapjac.

*

Ddim lladd y Major yn llythrennol, wrth gwrs. Ei ladd e ar bapur. Wedi'r cyfan, pwy arall ond Oswald allai wneud hynny?

Fel arfer, byddai Oswald yn taro i mewn i swyddfa'r *Chronicle* ddwywaith neu dair yr wythnos, ac yn dod â'i waith adre gydag e i'w orffen. Weithiau, byddai'n hanner nos arno'n mynd i'w wely ar ôl bod yn lladd ei hunan yn chwilio am y geiriau cywir i ddisgrifio'r Cynghorydd hwn a'r llall, 'ymadawedig'. Yn amlach na pheidio, chwarae ar eiriau fydde fe: 'penderfynol' yn lle 'ystyfnig'; 'hoff o gymdeithasu' yn lle 'alcoholig' a 'tipyn o gymeriad' yn lle 'ffŵl dwl'.

Sawl gwaith roedd ei fam wedi mynd heibio iddo yn y stafell fyw â'i phaned o Horlicks yn ei llaw a dweud wrtho fe, 'Cofia roi'r gole bant a chau'r drws cyn i ti ddod lan, a paid â bod yn hir'. Byddai yntau'n ateb bob tro, 'Fydda i ddim,' er bod ei feddwl e'n bell ar ei destun blodeuog, cystal â dim y gallai Dickens ei greu.

Ond y bore y glaniodd y sanau drwy dwll y post, gwyddai Oswald beth oedd angen iddo'i wneud.

Unwaith erioed fuodd y Major yn eu tŷ. Cofiai Oswald embaras ei fam wrth agor y drws i'w chyflogwr, fel pe bai hi'n gweld ei chartref ei hun am y tro cyntaf wrth iddo fe'i weld am y tro cyntaf. Eistedd o flaen y tân roedd Oswald.

'Oswald,' meddai'r Major gan estyn ei law.

Estynnodd Oswald ei law yntau a chael llaw'r dyn yn hynod o oer, o ystyried pa mor goch oedd ei wyneb. Roedd e eisoes yn ddrwgdybus o'r dyn ers i'r rhoddion ddod adre gyda'i fam o'i gwaith, a'r tŷ'n dechrau mynd yn rhy fach iddi allu dal ati i'w cuddio.

'Rydw i wedi clywed llawer iawn amdanoch chi,' meddai'r Major, a'i acen yn gwneud i bob gair swnio'n salw, fel pe bai Oswald yn grwtyn bach, yn hytrach na dyn oedd ymhell dros ei ddeugain. Gwelodd ei fam yn welw wrth fraich y Major, yn ffidlan â'i bysedd, yn union fel y gwelsai fenywod eraill yn ffidlan â'u modrwyau priodas.

Dywedodd y Major ei fod e wedi ceisio cael gafael yn Mary dros y ffôn, ond bod rhywbeth yn bod ar y lein, mae'n rhaid. Eisiau iddi ddod draw ddydd Mercher yn lle dydd Iau oedd e, ac wedyn ar y dydd Sadwrn. Roedd y dwst yn bygwth ei fygu, 'Har-har-har!' a tybed a fyddai hi'n gallu paratoi ychydig bach o swper iddo fe ar y nos Fercher. Byddai croeso iddi hi ymuno ag e i'w rannu – ac Oswald wrth gwrs, ychwanegodd wedi saib hir, hir.

Chwerthin yn nerfus wnaeth Mary, yn wahanol hollol i'w harfer. Roedd fel croten fach drigain oed yn cyfarfod â dyn am y tro cyntaf yn ei hoes. Roedd Oswald yn teimlo'i nerfau, ac yn damio'r Major yn ei ben am eu hachosi. I beth roedd y llo eisiau dod yma i 26, Regina Road o'i Laburnum House i greu hafoc?

Ddaeth e byth yno wedyn, diolch byth. Ac er iddi gymryd blynyddoedd i Oswald lwyddo i gael ei wared, dyna ddigwyddodd yn y diwedd, ar ôl i'r sanau sidan glas gyrraedd drwy'r twll llythyrau.

Mynd maen nhw i gyd, Mam.

*

It is with great sadness that we hear of the recent demise of 'Major' George Riley ...

Pennod Pedwar

GAFAELODD OSWALD YN Y tei melyn a glas. Byddai Amy O'Shea wedi bod yn falch iawn ohono. Neu'n hanner balch, falle.

Barnodd taw bod yn gymedrol ym mhob dim a wnâi iddo ddal i wisgo tei, ond eto i gyd roedd yn bosib, weithiau, gwisgo teis lliwgar yn lle rhai tywyll.

Roedd e wedi rhoi ei alar ar ddechrau'r wythnos y tu ôl iddo erbyn hyn. Roedd yna ormod o gymhlethdodau wedi bod ynghlwm wrth angladd Walter. Y teimlad sbesial o fod yn 'deulu', y teimlad diflas o fod heb nabod Walter erioed, a'r teimlad od o fod eisiau rhannu hyn â rhywun. Erbyn dydd Iau, roedd Oswald 'nôl ar lwybr arferol ei fywyd.

Er hynny, roedd e wedi gwneud penderfyniad i wisgo ychydig bach mwy o liw ar gyfer angladdau heddiw. Un yn y Crem yn Nhreforys, un arall yng nghanol Abertawe awr wedyn. Byddai'n gamp iddo ddal y bws mewn pryd, ond yn yr her roedd yr hwyl, meddai wrtho'i hun, gan wybod y byddai methiant yn ei ddiflasu am weddill yr wythnos. Wedyn, un fach i gloi, yn agos i gartre, yn Bethania, i lawr yr hewl.

Diwrnod tair angladd – doedden nhw ddim

yn digwydd yn aml, ond dyma oedd ei angen ar Oswald. Byseddodd ei lyfr coch, gan wybod y byddai ganddo lawer i'w ysgrifennu ynddo heno. Ystyriodd fynd â darn o bapur gydag e i gadw nodiadau – fyddai hynny ddim y tro cyntaf iddo wneud hynny. Eto i gyd, roedd e'n dal yn teimlo'n anghyffyrddus ers yr adeg honno, ryw fis ynghynt, pan welodd fod y bachan oedd yn eistedd yn y rhes tu ôl iddo yn y Crem yn darllen ei nodiadau dros ei ysgwydd – disgrifiad o'r blodau ar yr arch. Gallai'n hawdd fod wedi egluro taw newyddiadurwr oedd e, yn paratoi teyrnged i'r ymadawedig. Hen wraig yn ei nawdegau oedd hi, ac wedi bod yn gweithio yn y DVLA (y DVLC oedd enw'r lle yr adeg honno), ac a fyddai wrth ei bodd yn darllen nofelau Stephen King, os cofiai'n iawn. Ond yn lle hynny, fe banicodd Oswald, a gwthio'r papur i'w boced fel dyn oedd yn euog o ysgrifennu jôcs brwnt. Diflannodd oddi yno yr eiliad y cododd y gynulleidfa i ganu'r emyn olaf.

Na, byddai'n cadw'r manylion i gyd yn ei ben heddiw.

Aeth i lawr y grisiau gan fyseddu'r tei am ei wddw. Safodd o flaen y drych i'w dacluso. Ystyriodd am eiliad a oedd y lliwiau'n rhy lachar i angladd, yn tynnu gormod o sylw ato'i hun. Ond rhyw felyn tywyll oedd e, a rhyw las tywyllach yn tynnu sylw oddi ar y melyn. Dylai fod yn iawn.

Am ryw reswm, dechreuodd feddwl am y 'Social Evening' yn y clwb bowls roedd Madeleine wedi'i wahodd iddi. Doedd e ddim am un eiliad yn meddwl yr âi e. Yn un peth, doedd ganddo fe ddim tei addas i'w wisgo. Byddai angen rhywbeth llachar ar noson felly, mwy llachar na'r melyn a'r glas yn hwn, a doedd e ddim yn fachan teis lliwgar.

Wrth gwrs, roedd cant a mil o resymau eraill pam na fyddai e'n mynd. Eto i gyd, roedd y tei, neu ddiffyg tei addas, cystal rheswm â'r un.

Aeth i'r gegin a thynnu bocs plastig mas o'r oergell. Yn y bocs roedd brechdan ham a chaws roedd e wedi'i pharatoi'r noson cynt ar gyfer amser cinio. Agorodd y bocs ac estyn fflapjac o'r bocs plastig arall roedd Madeleine wedi'i adael ar ei hôl. Torrodd ddarn o ffoil oedd yn rhy fawr a'i dorri yn ei hanner wedyn i orchuddio'r fflapjac. Rhoddodd y fflapjac yn y bocs.

Beth wnâi e â'r darn bach dros ben o ffoil? Ystyriodd estyn tafell o ham, ond cofiodd am y bocs arall â'r cacennau bach. Cododd y caead ar y pedair oedd yn weddill ar ôl y te bach gyda Madeleine. Roedd hi wedi stwffio tair arall o'r rhain, a dwy fflapjac y prynhawn hwnnw – roedd e wedi cadw cownt. Ac yntau hefyd wedi llwyddo i fwyta dwy fflapjac a dwy gacen fach. Rhaid bod siarad am angladd Crymych wedi mynd â'i nerth gan iddo allu bwyta cymaint.

Rhoddodd gacen fach eisin yn y ffoil. Byddai'r eisin yn siŵr o ddod yn rhydd yn y ffoil, ond fyddai hynny ddim yn ddiwedd y byd, meddyliodd Oswald. Os dôi'n rhydd, gallai gysuro'i hun y gwnâi cacen ddi-eisin fwy o les iddo. Os na ddôi'n rhydd, yna câi fwynhau'r eisin, a chysuro'i hun fod ychydig o siwgwr yn dda i gynnal ei nerth. Rhoddodd y gacen hon hefyd yn y bocs plastig.

Ar ddiwrnodau tair angladd, roedd e'n aml yn gorfod meddwl am ei ginio. Ambell waith – ond ddim yn aml iawn – byddai gofyn iddo feddwl am de bach hefyd, ac roedd ganddo fe fflasg yn rhywle. Er, doedd te o fflasg ddim yn apelio ato, ac fe gâi e de, siŵr o fod, yn un o'r ddau de angladd yn yr angladdau y byddai'n mynd iddyn nhw heddiw. Mae'n siŵr y byddai 'na ddigonedd o fwyd hefyd, ond doedd e ddim am dynnu sylw ato'i hun drwy fwyta mwy na dau neu dri pheth. Byddai hynny'n gwneud i bobol holi pwy oedd e. Doedd ganddo ddim i'w guddio, ond roedd hi braidd yn anodd esbonio pam roedd e yn yr angladd – er ei fod wedi gorfod gwneud hynny weithiau dros y blynyddoedd. Byddai'n esbonio nad oedd e'n nabod yr ymadawedig yn dda, ond ei fod e'n teimlo bod yn rhaid iddo ddod i dalu'r deyrnged olaf. Gallai gyfiawnhau ei hun drwy ddweud wrtho'i hun ei fod e'n eu nabod nhw ryw ychydig ar ôl darllen am eu marwolaeth yn y papur.

Edrychodd Oswald ar ei wats. Roedd hi'n bryd iddo gychwyn. Rhoddodd y bocs plastig yn y bag-am-oes plastig a gwisgo'i got fawr.

*

Camodd Oswald oddi ar y bws yn arhosfan yr amlosgfa. Roedd wedi gwneud y siwrne o'r ddinas fwy o weithiau nag y gallai gofio. Roedd staff yr amlosgfa'n ei nabod e'n dda, a gwelai golli cwmni'r hen Wiliam. Roedd Wiliam yn debyg iddo fe, yn gweld pawb a âi i mewn i'r tân fel unigolion, yn bersonau byw. Iddo fe, roedd bywydau pob un yn wahanol ac yn llawn o fanylion bach disglair – tlysau neu drysorau, bob un. Ddim job o waith oedd bod yn ofalwr yn y Crem i Wiliam, ond galwedigaeth.

Doedd yr hen le ddim yr un fath ers i Wiliam fynd i'r tân.

Anelodd am y dyrfa fach oedd wedi casglu'r tu fas i'r capel. Roedd hi'n amlwg fod Mrs Patricia Williams yn ddynes boblogaidd pan oedd hi'n fyw, gan fod rhyw drigain a mwy yno'n barod, a dros ddeg munud i fynd cyn y gwasanaeth. Wyth deg saith, cofiodd Oswald, gynt o Ferndale, yn gadael dwy ferch a mab yng nghyfraith, tri ŵyr a phedair wyres, un wedi marw. Cyfraniadau at Macmillan. Prysurodd tuag at gwt y dyrfa, lle câi lonydd i wylio a gwrando. Câi dreulio'r hanner awr nesaf yn rhoi cig a gwaed ar yr esgyrn, a dod i adnabod Patricia.

Byddai gofyn iddo frysio wedyn, ac yntau angen bod 'nôl yng nghanol Abertawe erbyn hanner awr wedi dau. Gallai fwyta'i bicnic ar y bws.

*

Edrychodd ar ei wats. Chwarter i ddau. Saith munud cyn y byddai'r bws yn cyrraedd. Cymerai dair munud i gerdded at yr arhosfan. Digon o amser.

Doedd Patricia ddim wedi siomi Oswald. Doedd ganddi fawr o Gymraeg, er mai Rhian a Gwyneth oedd enwau ei merched. Canwyd 'Sosban Fach' yn Gymraeg. Neu mewn rhyw fath o Gymraeg, cywirodd ei hun, gan fod y geiriau wedi swnio'n go ryfedd ar wefusau rhai o'r gynulleidfa. '*Modest*' oedd gair y gweinidog amdani, ond 'gwylaidd' fyddai'n cael ei ddweud yn yr angladdau Cymraeg. Roedd Oswald

wedi hen ddysgu cymryd y disgrifiad hwnnw
â phinsiad o halen gan fod hanner pawb a fu
farw erioed yn 'wylaidd', a'r hanner arall yn
'gymeriadau' – a allai olygu unrhyw beth o yfwyr
trwm i gythreuliaid. Roedd e wedi hen ddysgu'r
iaith ers y cyfnod pan fyddai'n ysgrifennu ei
deyrngedau i'r *Chronicle*.

Ta beth, roedd Patricia, er yn wylaidd, yn dwlu
ar ei theulu. Rhaid cyfaddef mai gwastraff amser
oedd i'r sawl a rôi'r deyrnged ddweud hynny, gan
fod pawb ar wyneb daear, ar ddiwrnod ei angladd,
wedi dwlu ar ei deulu. Roedd hi'n llysieuwraig,
oedd yn beth anarferol i ddynes wyth deg saith,
a siŵr o fod yn boen i'r cartref nyrsio lle roedd hi
pan fu farw. Roedd ei chi annwyl wedi'i siomi'n
fawr iddi ei adael, yn methu setlo, ac yn udo yn
y nos. Byddai Patricia'n arfer dawnsio bale pan
oedd hi'n ifanc, ac yn addawol iawn, ond bod y
rhyfel wedi chwalu ei breuddwydion hi, fel rhai
sawl un arall. Treuliodd hanner canrif y tu ôl i
gownter siopau amrywiol ac yn magu ei theulu.

Wyddai Oswald ddim pam nad aeth e'n syth
i arhosfan y bws. Byddai'n taeru bod rhyw rym
wedi'i gadw rhag mynd ar y bws i'r ddinas. Bod
rhyw rym wedi gwneud iddo droi'r gornel ar ôl
dod mas o'r capel bach a cherdded i'r dde yn lle
i'r chwith. Wedi'r cyfan, gallai fod wedi dilyn y
llwybr a'i lygaid ar gau heb golli ei ffordd.

Ond i'r dde y trodd, a phasio'r hysbysfwrdd a nodai enwau'r rhai a gâi eu cyflwyno i'r tân yn ystod gweddill y dydd. Roedd tyrfa Patricia'n gwasgaru o'i gwmpas, ond tynnodd yr enw nesaf ar y rhestr ei sylw.

Byddai'n rhyfedd pe na bai wedi tynnu ei sylw, a dweud y gwir, gan taw Oswald Jones oedd yr enw ar y rhestr.

Aeth ias drwyddo wrth ei ddarllen. Am gyd-ddigwyddiad, meddyliodd, i'w gysuro'i hun. Ond doedd e ddim yn gymaint o gyd-ddigwyddiad â hynny chwaith, erbyn meddwl. Roedd Oswald wedi treulio oriau yn y fan hon dros y degawdau. Yn sicr, gwyddai fod nifer dda o ddynion o'r enw Oswald yn byw yn ne Cymru, a rhai ohonyn nhw, bownd o fod, yn Jones.

Am yr ail waith yr wythnos honno, fe wyddai Oswald na fyddai'n colli'r angladd hon am unrhyw arian yn y byd.

Synnai nad oedd e wedi gweld y cyhoeddiad yn y papur. Ond ni châi pob marwolaeth ei chofnodi mewn papur, er bod y rhan fwyaf o deuluoedd yn gwneud hynny. Mae'n bosib taw heb sylwi arno roedd e, ac eto roedd yr enw wedi'i daro fe wrth iddo'i ddarllen ar yr hysbysfwrdd. Byddai wedi gwneud yr un fath ar bapur, does bosib.

Teimlai fod rhywbeth anghyffyrddus yn ei

lwnc ac ystyriodd fwyta peth o'i ginio wrth aros i'r angladd nesaf gyrraedd. Ond roedd ei fola yn erbyn cymryd bwyd. Sylweddolodd fod ei ddwylo a than ei gesail yn chwysu, a bod ei siwt yn gwasgu mewn mannau na sylwodd arnyn nhw cyn hyn.

O dipyn i beth, diflannodd tyrfa Patricia, a'i adael ar ei ben ei hunan. Rhaid bod y person o'r enw Oswald, yn brin o deulu a ffrindiau, meddyliodd.

Edrychodd unwaith eto – fwy nag unwaith – ar y rhestr, i wneud yn siŵr nad ei lygaid oedd yn ei dwyllo. A bob tro, llwyddodd i dawelu rhywfaint bach mwy ar y cynnwrf oedd wedi cydio ynddo'r tro cyntaf iddo weld yr enw, ei enw fe. Cyd-ddigwyddiad – un bach. Mae'r byd yn llawn o gyd-ddigwyddiadau, ac mae'n syndod pa mor aml rydyn ni'n dod i gysylltiad â nhw heb yn wybod i ni.

Tynnodd facyn mas i sychu ei drwyn, ac wrthi'n ymdrechu i'w blygu'n ôl i siâp oedd e pan welodd e'r hers yn stopio o flaen drws y capel. Am beth rhyfedd, meddyliodd. Hers. Arch. A neb yn y capel.

Gwelodd ddyn yn camu o'r hers, ac un arall o sedd y gyrrwr. Aeth y ddau ati i dynnu'r arch o gefen yr hers. Doedd dim blodau ar yr arch.

Daeth gŵr arall o rywle a chael gair yng

nghlust un o'r dynion. Chlywodd Oswald ddim beth ddywedodd e, na beth oedd ateb y llall. Yna, rhoddodd y ddau chwerthiniad bach ffwrdd-â-hi yn dilyn y sgwrs fach glou honno.

Aeth y ddau drefnydd angladdau â'r arch ar ei holwynion i mewn i'r capel. Edrychodd y trydydd gŵr o'i gwmpas, cyn troi at Oswald am eiliad neu ddwy. Yna, trodd a mynd i mewn i'r capel ar ôl yr arch.

Teimlodd Oswald ei hun yn eu dilyn yn araf deg.

Y tu mewn i'r capel, cyrhaeddodd yr arch y tu blaen. Doedd dim nodyn o gerddoriaeth am nad oedd neb yn eistedd wrth yr organ. Roedd y trydydd dyn wedi cyrraedd y tu blaen, ond doedd e ddim yn edrych fel pe bai e mewn angladd, er ei fod e'n gwisgo siwt. Pwysai yn erbyn y bwrdd darllen â'i law ar ei ochr, a'i grys yn grychlyd ac yn ddigon anniben.

'Wel?' meddai wrth y ddau trefnydd angladdau. 'Oes 'na bwynt?'

Cododd un o'r ddau ddyn ei ysgwyddau.

'Lan i chi, bòs.'

'Sa i erio'd wedi cael profiad fel hyn o'r blaen,' meddai'r dyn arall, gan roi yn ei boced y strapiau oedd o dan yr arch i'w chodi hi ar y platfform ar gyfer ei thaith olaf. 'Eitha agos, cofiwch. Dim ond dou oedd mewn angladd ym mynwent Rhydgoch slawer dydd, ond meddwyn a thrempyn o'dd e, os cofia i'n iawn.'

'Man a man i ni i gyd fynd adre,' meddai'r dyn yn y crys anniben. Ond yr eiliad nesaf, roedd e wedi troi'i ben a gweld Oswald yn sefyll yn y drws. Croesodd ato ac ychwanegu, bron heb gymryd anadl, 'Dewch i mewn. Dewch mla'n i'r tu bla'n. Fe ddechreuwn ni nawr.'

Gwnaeth Oswald fel y dywedodd y dyn wrtho am ei wneud, heb wybod pam chwaith.

'Ga i ofyn pa berthynas y'ch chi i'r diweddar Mr Jones?'

'Cyfaill,' meddai Oswald o dan ei wynt yn dawel. Gwyddai'r tro hwn ei fod e'n dweud celwydd. Ond roedd yr awydd i ddod i wybod rhagor am y sawl a fu farw yn bendant yn hel yng ngwaelod ei fola. Teimlad bach digon rhyfedd oedd e er hynny, yn gywir fel pe bai e'n gwybod ei fod ar fin darganfod mwy nag roedd e eisiau ei wybod.

Safodd y dyn y tu ôl i'r bwrdd darllen fel pe bai'r capel yn llawn, ac estyn darn o bapur o boced y tu mewn i'w siwt. Llusgodd y ddau ddyn arall eu hunain i seddi yn y rhes tu ôl i Oswald. Gallai deimlo'u diflastod o orfod aros yn hirach nag roedden nhw wedi meddwl.

Aeth y dyn ati i ddarllen y deyrnged.

'Doeddwn i ddim yn nabod Oswald fy hun,'

dechreuodd yn llawn hyder fel gweinidog profiadol. Dechrau da, meddyliodd Oswald. 'Ond roedd e'n byw yn y cartre 'co, yn yr ardal lle dwi'n weinidog.' Pwysodd yn ei ôl yn fawreddog. 'Fel y'ch chi'n siŵr o fod yn gwbod, doedd e ddim yn un am ddod i'r cwrdd – ha, ha – a phwy alle weld bai arno fe, meddech chi.'

Ddywedodd Oswald ddim fod bai arno – wedi'r cyfan, doedd e'n nabod dim ar yr Oswald hwn, fwy nag roedd e ar y gweinidog.

'Ond yn ôl Mrs Evans, sy'n cadw'r cartref nyrsio ac sydd, yn anffodus, yn methu bod 'ma heddi, roedd Oswald yn dipyn o gymeriad yn ei ffordd ei hunan.'

Mae 'cymeriad' yn ddigon drwg ar ei ben ei hunan, meddyliodd Oswald, ond mae ychwanegu 'yn ei ffordd ei hunan' yn ei wneud yn llawer iawn gwaeth.

'Roedd e'n naw deg pump, ac mae hynny'n dipyn o gamp yn ei hunan. Doedd gyda fe ddim ffydd, af i ddim i weud celwydd wrthoch chi,' ac yn y fan hon, fe edrychodd e'n syth ar Oswald. 'Pan fydden i'n cynnal gwasanaeth, fydde fe ddim yn dod, a dyna pam na wnes i erio'd ei gyfarfod e. Gallech chi weud na wnaeth 'yn llwybre ni groesi erioed. Ond fe ddweda i wrthoch chi beth wedodd Mrs Evans amdano fe. Yn y Cartre buodd e'n byw am y pymtheg mlynedd diwethaf 'ma, a gallech chi weud – neu dyna beth mae Mrs Evans yn gweud, ta beth – ei fod e'n greadur ar ei ben ei hunan.'

Yn hollol unig, meddyliodd Oswald.

'Dipyn bach yn, beth wedwn ni, *eccentric* oedd gair Mrs Evans.'

Od ar y naw 'te, meddyliodd Oswald.

'Roedd e'n ei chael hi'n anodd gwneud ffrindie. Doedd dim gair drwg gydag e i weud am neb, cofiwch. Doedd dim malais ynddo fe o gwbwl. Ac fe fuodd e'n ddigon caredig wrth bawb, yn ei ffordd fach ei hunan.'

Dyna'r ail waith, neu'r drydedd waith hyd yn oed, iddo fe ddefnyddio'r un ymadrodd, meddyliodd Oswald. 'Ar ei ben ei hunan, yn ei ffordd ei hunan'. Jiw, jiw, byddai digon gydag e i'w roi i lawr yn y llyfr bach coch y noson honno.

'Rhoddodd e ddeg punt yn y casgliad Cymorth Cristnogol y llynedd,' meddai'r gweinidog wrth ddarllen nodiadau Mrs Evans. 'Tipyn o gamp i ddyn heb ffydd,' ychwanegodd y gweinidog wedyn, a theimlodd Oswald fel gofyn pam roedd e'n dweud hynny. Ond wnaeth e ddim.

'Ta beth ...' meddai'r gweinidog, 'cydweddïwn Weddi'r Arglwydd.'

Wedi rhedeg mas o bethe i'w dweud mae e, meddyliodd Oswald gan blygu ei ben y tamaid lleiaf. Dywedodd eiriau Gweddi'r Arglwydd jyst abowt yn ddigon uchel i'r gweinidog sylweddoli ei fod e'n ei gwybod hi. Clywodd lais y trefnydd angladdau hynaf yn llenwi'r capel bach fel pe bai e'n ceisio gwneud iawn am dawelwch yr holl leisiau eraill oedd yn absennol.

'... yn oes oesoedd, Amen.' Gorffennodd pawb gyda'i gilydd.

'Os licech chi ...' meddai'r gweinidog gan ddal ei fraich mas i Oswald gael mynd i weld yr arch. Ystyriodd Oswald wrthod – fyddai'r gweinidog ddim yn gweld yn chwith – ond unwaith eto, daeth yn ymwybodol o ryw rym yn ei dynnu. Anelodd at gornel y stafell a'i fag plastig yn ei law.

Doedd ganddo ddim blodyn i'w osod ar yr arch. Go brin y gallai e adael cacen, er mor bert oedd y blodau bach eisin ar gacen fach Madeleine.

Safodd uwchben yr arch: pam na fyddai'r llo gweinidog 'ma neu'r Mrs Evans 'na wedi meddwl rhoi un tusw bach o flodau arni fel un arwydd bach fod y dyn yma wedi bod ar y ddaear? Fyddai hynny ddim wedi costio fawr iddyn nhw. Dim ond punt neu ddwy, pris cinio'r hen Oswald yn y cartref diflas 'na oedd wedi 'gofalu amdano' cystal, yn wir mor dda fel nad oedd neb o gwbwl wedi trafferthu dod yno heddiw i ffarwelio â'r truan. A yw'r byd 'ma mor brysur fel na allwn ni roi awr, hanner awr, i ffarwelio â'r rhai sy'n ei adael?

Eto i gyd ... eto i gyd. Rhaid mai dim ond un fydd ar ôl, un yn olaf bob tro. Yr olaf un. Yr un na fydd neb ar ôl i'w gladdu. Diwedd y goeden deuluol, stesion derfynol y llinach. Am wastraff ar gymaint o amser – tair biliwn ar ddeg a hanner o amser, o gam i gam, o oes i oes, o fil o flynyddoedd, i filiwn, i biliwn, i stop.

I stop. Mewn capel bach drewllyd, wrth amlosgfa fwy drewllyd byth, ar brynhawn dydd Iau o Ragfyr yn Nhreforys. Neb ar ôl i ddweud yr hanes, neb ar ôl i gofio. Neb ar ôl i allu dweud dim, am nad oes neb yn gwybod dim amdano.

Glaniodd llygaid Oswald ar yr M. rhwng Oswald a Jones.

Pennod Pump

Cyn iddo sylweddoli'n iawn lle roedd e, roedd Oswald yn eistedd ar y bws. Cododd ei law at ei dalcen a theimlo'r chwys. Ceisiodd reoli ei anadl. Gwyddai fod llygaid pobol arno. Gwasgodd y bag plastig a ddaliai ei ginio'n agosach ato. Estynnodd ei law mas o'i flaen i weld a oedd y cryndod ynddi wedi stopio. Falle ei fod, allai e ddim barnu.

Roedd wedi rhuthro mas o'r capel, heibio i'r gweinidog, a'r ddau drefnydd angladdau oedd eisiau mynd adre. Roedd wedi gwthio'r drws ar agor, ac yn ymwybodol fod hynny wedi achosi tipyn o sŵn. Byddai'r gweinidog yn meddwl taw galar oedd wedi creu'r fath gorwynt ynddo, siŵr o fod.

Câi feddwl beth a fynnai. Teimlai Oswald yn ffŵl o fod wedi meddwl am y peth fel cyd-ddigwyddiad yn gynt yn y dydd. Oswald Jones. Cyd-ddigwyddiad? Fawr o gyd-ddigwyddiad hyd yn oed.

Ond Oswald M. Jones? Mwy na chyd-ddigwyddiad.

Roedd Oswald wedi bod yn ei angladd ei hun!

Teimlodd ei goesau'n crynu a chododd y bag

plastig i edrych yn agosach arnyn nhw. Oedden, roedd ei goesau'n bownsio i fyny ac i lawr yn crynu i gyd, yn gwrthod yn lân â gwrando arno'n eu gorchymyn yn ei ben i stopio symud.

Daeth yn ymwybodol fod merch ifanc yr ochr arall i'r bwlch yn y canol yn ei wylio a golwg feirniadol iawn ar ei hwyneb. Rhoddodd Oswald y bag plastig yn ôl ar ei lin ac edrych mas drwy'r ffenest.

Anadlu mas – un, dau, tri … i mewn – un, dau, tri … mas – un, dau, tri …

Erbyn i'r bws gyrraedd y ganolfan yng nghanol Abertawe, hanner awr yn ddiweddarach, roedd y cryndod wedi cilio tipyn bach.

Doedd Oswald ddim yn ddwl. Fe wyddai nad oedd hi'n bosib ei fod wedi bod yn ei angladd ei hunan. Fe wyddai nad oedd modd teithio drwy amser, taw twyllwyr oedd 'pobl seicig'. Fe wyddai nad oedd ysbrydion yn bod. Nefoedd fawr, pe bai yna'r fath beth ag ysbrydion yn bod, fe fyddai ei fam wedi ymweld ag e'n aml cyn hyn, yn byddai?

Nid ei bod yn hawdd proffwydo beth wnâi ei fam. Roedd Oswald wedi colli ei waith ar ôl i olygydd y *Chronicle* ddarganfod bod Councillor Major Riley, Laburnum House, Oystermouth Road, yn dal ar dir y byw. A hynny cyn i'r deyrnged ymddangos yn y papur – o drwch blewyn.

Doedd ei fam ddim wedi gwylltio fel roedd e wedi disgwyl iddi ei wneud. Fe aeth yn dawel, do, a hynny am ddiwrnod neu ddau. Fe gadwodd mas o'i ffordd e, ac roedd hynny'n dipyn o gamp mewn tŷ mor fach â 26, Regina Road, a rhoi trap ar ei thafod am unwaith. Roedd e wedi disgwyl iddi weiddi, fel roedd hi'n gallu ei wneud, er na chofiai hi'n gwneud hynny er pan oedd e'n grwtyn bach.

Y golygydd ei hunan oedd wedi dweud wrthi. Wedi'i ffonio hi, cyn i Oswald gael amser i gyrraedd adre o'r swyddfa, ac wedi dweud wrthi'n blaen beth oedd wedi digwydd. 'Jyst gadael i chi wybod.' Felly, roedd hi'n ei ddisgwyl e adre gan wybod yn iawn ei fod e wedi cael y sac, a'r union reswm pam.

Byddai hi wedi gallu cadw ei swydd hi pe bai'r golygydd heb ddweud wrth y Major beth oedd Oswald wedi'i wneud.

Ond fe ddywedodd y golygydd wrth y Major. Roedden nhw'n perthyn i'r un *lodge*. Cafodd Mary y sac o lanhau Laburnum House, y sac o galon y Major, a'r sac o dderbyn ei anrhegion.

Ddywedodd hi erioed air am y peth. Ddywedodd Oswald erioed air am y peth wrthi hi chwaith. Ddaeth y Major ddim i'r golwg wedyn. Aeth hi ddim i weld y Major byth wedyn. Roedd y bennod honno wedi cau am byth.

A dechreuodd Oswald fynd i fwy a mwy o angladdau, ac ysgrifennu pwt yn ei lyfrau coch am bob un ohonyn nhw. Roedd hynny'n newid o ysgrifennu teyrngedau ar gyfer papur y *Chronicle*.

Ai cosb oedd beth ddigwyddodd heddiw am beth wnaeth Oswald i'r Major? Ac i'w fam? Cipolwg ar dy dynged, frawd. Fel hyn y bydd hi arnat ti rywbryd. Blynyddoedd o unigrwydd sy'n dy wynebu di, deg mlynedd ar hugain o unigrwydd.

Ond: naw deg pump – oedran da, meddyliodd wedyn.

Daeth Oswald oddi ar y bws a dechrau cerdded o ganol y ddinas tuag adre. Gallai ddal bws arall, ond roedd e am adael i lif ei feddwl ei gario i le gwell na'r lle roedd e wedi bod ynddo heddiw.

Nid fe oedd yr Oswald gafodd ei amlosgi heddiw. Doedd e ddim yn *eccentric*, cysurodd ei hun. Roedd yna ochr ddigon dymunol iddo fe, on'd oedd e? Yn wahanol i'r hen Oswald anghymdeithasol yn ei arch, yn lludw bellach. Roedd e wedi gwneud llawer mwy na'i siâr o gyfeillion dros y blynyddoedd – pobol hyfryd o bob lliw yn y byd, pob un dan glawr ei lyfrau coch gartre.

Pob un yn ei fedd.

Ond roedd yna rai byw hefyd. Roedd Bob a

Mrs Bob, a Mrs O'Shea, ac Amy – er ei bod hi wedi symud bant – a Martin a Brian a Harry Richards ac Eric Mathews ac, wel, roedd Madeleine hefyd, mae'n debyg.

Wrth gofio am Mrs O'Shea ac am Amy, dechreuodd Oswald feddwl tybed ble roedd hi? Beth oedd ei hanes hi? Byddai'n rhaid iddo gofio gofyn i'w mam.

*

'*Double chicken bhuna* a dou *pilau rice*, un *chapati* ac un *garlic naan*. Os nad wyt ti moyn y *naan* a'r *chapati*, fyta i nhw, no probs.'

A thrawodd y bag plastig llawn i lawr ar ford y gegin.

Mae modfedd fach o staen y cyrri oedd wedi gollwng o'r bag yn dal yn sownd wrth gornel y Formica hyd heddiw, cofiodd Oswald. Fuodd gyda fe'r galon erioed i fynd i rwbio'n rhy galed i gael ei wared e.

'Sda fi ddim syniad beth y'n nhw,' meddai Oswald wrthi, yn bryderus braidd fod India bell wedi treiddio i mewn i 26, Regina Road, i ddilyn yr holl bethau dieithr eraill oedd wedi dilyn angladd ei fam fis ynghynt.

'Treia fe,' roedd Amy wedi'i annog. 'Neu fyddi di byth yn gwbod wyt ti'n lico fe.'

Roedd hi wedi agor cwpwrdd ac estyn dau blat, ac wrthi'n arllwys cynnwys y carton bach ffoil arnyn nhw – rhyw reis melyn ac oren oedd yn wahanol i unrhyw beth a wnaethai ei fam iddo erioed. Wedyn, roedd hi wedi arllwys y stwff lliw cachu llo bach drosto, a'r gwynt rhyfedd yn ddigon dymunol, ac yn wahanol iawn i'r hyn roedd golwg y cyrri'n ei awgrymu.

Digon ofnus oedd e wrth gymryd ei lwyaid gyntaf. Cofiodd nad oedd yn gwisgo tei. Aeth gwefr i lawr ei asgwrn cefen wrth feddwl amdano fe'i hunan yn eistedd yn ei gegin ei hunan yn bwyta bwyd o ben arall y byd, a hwnnw wedi dod o gaffi i lawr yr hewl. Yma roedd e'n bwyta'r bwyd dieithr, lle roedd ei fam wedi bwydo cig moch ac wy ar dost iddo fe bob bore ers pan oedd e'n ddigon hen i fwyta bwyd. Blasodd y cyrri. Teimlai'n boeth yn ei geg, ond yn flasus, flasus, fel pe bai rhyw ddewin wedi'i greu o holl sbeisys y dwyrain. Ahmed yn y Light of Asia, meddai Amy wrtho wedyn. Roedd fel pe bai holl liwiau'r enfys yn ei geg, a'r cig yn well nag unrhyw gig roedd wedi'i flasu erioed o'r blaen. Ni fyddai unrhyw gig a flasai ar ôl hynny yn gallu bod yn ddim byd ond diflas.

'Dere, Oswald, treia 'bach o *naan*,' mynnodd Amy, a thorri cwlffyn i'w roi ar ei blat. 'Galli di ei iwso fe i sychu'r cyrri sy ar ôl,' eglurodd wrtho,

71

a dangos iddo. Yna, rhoddodd ei fforc i lawr ac edrych yn syth at Oswald. 'Wel?'

'Wel, beth?'

'Beth wyt ti'n feddwl ohono fe?'

Edrychai'n syth i'w lygaid, yn awchu am ei ateb.

'Mm,' meddai Oswald. 'Wedi cymryd munud neu ddwy i arfer ag e, yn bendant, mae e'n fendigedig.'

'Bydde "neis" yn neud y tro,' meddai Amy, ond ddywedodd Oswald ddim byd, achos doedd e ddim yn cytuno.

'Sa i byth yn mynd i fyta dim byd arall!' meddai Oswald, yn hoff iawn o'i fywyd newydd.

'Nawr, sdim ishe mynd dros ben llestri,' meddai Amy. 'Ond wy'n deall.'

Gwenodd yn llydan arno.

'Diolch, Amy,' meddai Oswald.

'Ti dalodd,' meddai Amy.

'Ddim 'na beth wy'n feddwl,' meddai Oswald.

'Fe newn ni fe 'to wythnos nesa,' meddai Amy. 'Os gwnei di dalu.'

Erbyn yr wythnos wedyn, roedd Amy wedi symud i Orseinon at fecanic o'r enw Meic neu arddwr o'r enw Gari, ac Oswald 'nôl yn gywir fel roedd e'n arfer bod.

*

Trodd yr allwedd yn y clo, a mynd i mewn i'w dŷ bach twt. Doedd dim golwg o Bob drws nesa na Mrs Bob na Harry nac Eric wrth iddo fynd heibio'u tai. Ond roedd hi bron yn amser te bellach, a phethau gan bawb i'w gwneud, siŵr o fod.

Wrth dynnu ei got, cofiodd Oswald nad oedd e wedi bwyta'i ginio. Rhoddodd ei got fawr ar y bachyn, plygu i lawr o flaen y tân trydan i'w droi ymlaen, ac estyn am y bag plastig.

Eisteddodd yn agos at y tân i gynhesu. Agorodd y bocs plastig a thynnu'r frechdan ham a chaws mas. Llyncodd hi'n awchus mewn llai na munud. Roedd ei gorff fel pe bai'n deffro wrth sylweddoli cymaint o eisiau bwyd oedd arno. Agorodd y ffoil am y fflapjac a'i agor mas ar ei lin fel plat i ddal y briwsion.

Byddai ei fam wedi pregethu wrth ei weld yn bwyta'i ginio – neu ei de – yn y gadair o flaen y tân. 'Sdim owns o *decency* 'da ti, gwed?' fyddai hi wedi'i ddweud, yn union yr un fath ag y byddai hi'n ei ddweud am Amy O'Shea drws nesa bob nos Sadwrn: 'Sdim owns o *decency* 'da'r groten, gwed?'

Fyddai Oswald ddim yn ei hateb pan fyddai hi'n gofyn cwestiynau felly, dim ond gadael iddi ofyn cwestiynau eraill tebyg. 'Sdim cywilydd 'da hi?' 'Sdim shêm yn perthyn iddi?'

Yr un peth roedd y cwestiynau i gyd yn ei ofyn yn y bôn, ac yntau heb ateb i ddim un ohonyn nhw. Ar yr adegau hynny pan fyddai ei fam yn taranu am Amy O'Shea, fe fyddai e'n meddwl am y sent a'r pwrs a'r mwclis a'r teits a'r pethau eraill i gyd a gafodd hi gan y Major. Gwyddai fod ei fam wedi'u cadw nhw i gyd mewn bocs o dan y gwely pan gollodd e a hi eu gwaith.

Dyna lle maen nhw byth, meddyliodd. Fe wnaen nhw anrhegion neis i rywun. Roedd e wedi cofio amdanyn nhw pan fuodd ei fam farw, pan ddechreuodd Amy fod mor garedig wrtho yn ei alar. Roedd e wedi bwriadu estyn y bocs iddi ryw ddiwrnod, a dweud wrthi am fynd â beth bynnag roedd hi eisiau ohono.

Digon posib na fyddai hi eisiau'r un o anrhegion hen ddyn i hen ddynes, ond fyddai dim ots gan Oswald am hynny: byddai wedi eu cynnig.

Ond chafodd e ddim cyfle i ofyn i Amy. Roedd hi wedi mynd bron cyn gynted ag y cafodd e'r syniad.

Daeth i'w feddwl, wrth fwyta'i fflapjac, nad croten ifanc â phethau gwell i'w gwneud oedd Madeleine. Doedd rhywun oedd yn chwarae bowls ddim yn debygol iawn o redeg bant gyda mecanic o'r enw Meic neu arddwr o'r enw ...

Ysgubodd y meddyliau hynny o'i ben – roedd deg mlynedd ers i Amy O'Shea ddysgu iddo sut i fyw, ac roedd y gwersi hynny wedi'u hen anghofio. Roedd yna wersi eraill i'w dysgu nawr.

Estynnodd y llyfr coch, a rhoi llinell ar draws y dudalen roedd e wedi ysgrifennu arni ddiwethaf. O dan y llinell, ysgrifennodd:

Gwers 1: mae mwy o gyd-ddigwyddiadau yn bod nag y gall y meddwl dynol ei ddychmygu hyd yn oed. Does yr un ohonyn nhw byth yn amhosib. Fory, fe af i edrych yn y llyfr ffôn i weld sawl Oswald M. Jones sy'n byw yn ardal Abertawe – a chofio hefyd na fydd hynny'n cyfri'r rhai sydd wedi marw!

Gwers 2: dydi hi byth yn rhy hwyr i brynu tei llachar.

Gwers 3: mae mwy i'w ddweud am chwarae bowls nag mae rhywun yn ei feddwl, a hen arfer gwirion yw dilyn angladdau.

Gwers 4: mae sawl math o gyrri – rhai ohonyn nhw'n blasu'r un fath â fflapjacs.

INC

Manon Steffan Ros

yLolfa

TACSI I HUNLLEF

GARETH F. WILLIAMS

Stori Sydyn
£1.99 yn unig

y Lolfa

Llongyfarchiadau ar gwblhau un o lyfrau Stori Sydyn 2014

Mae prosiect Stori Sydyn, sy'n cynnwys llyfrau bachog a byr, wedi'i gynllunio er mwyn denu darllenwyr yn ôl i'r arfer o ddarllen, a gwneud hynny er mwynhad. Gobeithiwn, felly, eich bod wedi mwynhau'r llyfr hwn.

Hoffi rhannu?

Gall eich barn chi wneud y prosiect hwn yn well. Nawr eich bod wedi darllen un o lyfrau'r gyfres Stori Sydyn, ewch i www.darllencymru.org.uk i roi eich sylwadau neu defnyddiwch #storisydyn2014 ar Twitter.

Pam dewis y llyfr hwn?
Beth oeddech chi'n ei hoffi am y llyfr?
Beth yw eich barn am y gyfres Stori Sydyn?
Pa Stori Sydyn hoffech chi ei gweld yn y dyfodol?

Beth nesaf?

Nawr eich bod wedi gorffen un llyfr Stori Sydyn – beth am ddarllen un arall? Edrychwch am deitlau eraill o gyfres Stori Sydyn 2014.

Gareth Jones: Y Dyn Oedd yn Gwybod Gormod – Alun Gibbard
Aled a'r Fedal Aur – Aled Sion Davies
Foxy'r Llew – Jonathan Davies gydag Alun Gibbard